लॉकडाउन
LOVE स्टोरीज

लॉकडाउन LOVE स्टोरीज

रश्मि

प्रकाशक

प्रभात पेपरबैक्स

4/19 आसफ अली रोड, नई दिल्ली-110002

फोन : 23289777 • हेल्पलाइन नं. : 7827007777

इ-मेल : prabhatbooks@gmail.com ❖ वेब ठिकाना : www.prabhatbooks.com

संस्करण

प्रथम, 2021

मूल्य

दो सौ पचास रुपए

मुद्रक

आर-टेक ऑफसेट प्रिंटर्स, दिल्ली

———— ★ ————

LOCKDOWN LOVE STORIES
by Smt. Rashmi

Published by **PRABHAT PAPERBACKS**
4/19 Asaf Ali Road, New Delhi-110002

ISBN 978-93-90378-87-6

₹ 250.00

लॉकडाउन की बंदिशों में
धड़कते दिलों को
समर्पित

अपनी बात

इस संसार में यदि कुछ सतत है तो वह है—प्रेम।

प्रेम निर्बाध-निरंतर बहता ही रहता है। इसे किसी परिभाषा में नहीं बाँधा जा सकता। हम प्रेम कर सकते हैं, बाँट सकते हैं, उसे महसूस कर सकते हैं, लेकिन उस पर कोई बौद्धिक चर्चा नहीं कर सकते। प्रेम के लिए कोई सिद्धांत या कोई नियम नहीं बनाए जा सकते, क्योंकि प्रेम न तो कोई बौद्धिक चीज है और न ही कोई सैद्धांतिक; इसका शुद्ध संबंध आत्मा से है।

प्रेम देने की भाषा है, बाँटने की चीज है, जीने की उम्मीद है। हम नदी को देख सकते हैं, उसके पानी को छू सकते हैं, अपनी आँखों से तैराकों को उसमें तैरते हुए भी देख सकते हैं। लेकिन इतना सब होने पर भी हम न तो नदी की थाह ले सकते हैं और न ही तैराकी के बारे में कुछ जान सकते हैं। नदी की थाह तो तभी मिलेगी, जब हम खुद नदी में उतरेंगे और हम नदी में तभी उतर सकेंगे, जब हमें तैराकी आती होगी। तैरने के लिए पहले हमें खुद तैराकी सीखनी पड़ेगी। नदी की थाह और तैराकी का आनंद लेने के लिए हमें खुद तैरना होगा, उस नदी में उतरना होगा।

प्रेम को प्रेम से ही जाना जा सकता है। इसे पढ़कर, सुनकर, देखकर नहीं जाना जा सकता।

यदि हम विराटता से देखें तो यह पूरा संसार ही प्रेम से चल रहा है। ईश्वर स्वयं प्रेम का प्रतिरूप है। क्या हम भगवान् श्रीकृष्ण के व्यक्तित्व को प्रेम से अलग करके समझ सकते हैं? कभी नहीं। वे स्वयं साक्षात् प्रेम-स्वरूप

हैं और यही संदेश पूरी मानवता को देते हैं। वे प्रेम का संदेश फैलाने ही इस संसार में आए थे और सदैव आते भी रहेंगे। हम अपने ईश्वर में प्रेम देखते हैं और हमारा ईश्वर भी अपने भक्तों में प्रेम ही खोजता है। प्रेम के बिना तो ईश्वर भी अधूरे हैं और भक्त भी अधूरा है। यह प्रेम ही जगत् को परिपूर्ण बनाता है।

हम हर पल प्रेम में रह सकते हैं। प्रेम की शक्ति अपरिमित है। यह मनुष्य को विकट से विकट परिस्थिति में भी सँभाले रहता है, जीवन की आस बँधाए रहता है। मनुष्य को जीवन में प्रेम का कोई अवसर खोना नहीं चाहिए। यह तो निरंतर लोगों के दिलों में बहते रहना चाहिए। अंत में यही कहूँगी कि यदि प्रेम न हो तो यह संसार भी फीका है और मनुष्य खुद भी रीता-रीता सा है।

शुभेक्षा के साथ,

—आपकी रश्मि

पुस्तक के बारे में

कोरोना महामारी एक विकट संकट बनकर अचानक ही हमारे जीवन में आ गई। उन आठ-नौ महीनों के लिए जैसे सब थम सा गया। जो जहाँ था, ठहर गया। किंतु इस संकटकाल में भी प्रेम ने ही लोगों को हौसला दिया। इसी ने आपस में एक-दूसरे से जोड़े रखा। ऐसे अनेक उदाहरण मिलते हैं कि जिन लोगों के बीच में किन्हीं वजहों से दूरियाँ आ गई थीं, उन्होंने इस दौरान आपस में बातचीत शुरू की और पुनः अपने संबंधों में मधुरता जगाई। कितने ही लोग इस प्रेम-भावना के वशीभूत हो एक-दूसरे की सहायता के लिए आगे आए। अधिकांश स्थानों पर तो यह भी देखा गया कि सहायता करनेवाले लोग एक-दूसरे को जानते भी नहीं थे, लेकिन फिर भी सिर्फ इसी अनमोल भावना के वशीभूत हो आगे आए और जरूरतमंदों की हर संभव सहायता की। यह सब प्रेम की सरसता के कारण ही संभव हो सका।

प्रेम मनुष्य को दिल बड़ा करना सिखाता है, संकुचित करना नहीं। कितने ही लोगों ने अपने उन मित्रों और संबंधियों को याद किया, जिन्हें वर्षों से भुलाए बैठे थे। स्नेही-परिवार लॉकडाउन के दौरान प्रेमपूर्वक साथ रहे। इतने लंबे समय तक बिना बाहर निकले एक-दूसरे के साथ रहना बिना प्रेम के संभव ही नहीं है। इतना बड़ा संकट और इतनी अधिक निराशा, लेकिन फिर भी लोगों ने हरसंभव इस संकट से बाहर निकलने का संकल्प लिया। इस दौरान कितने ही परिवारों के लोग कोविड-19 से प्रभावित हुए, कितने ही लोगों के पास संसाधनों की कमी रही, लोग रोजी-रोटी से महरूम हुए, लोगों

की नौकरियाँ चली गईं, व्यवसाय बंद हो गए, लेकिन प्रेम, हौसला और आस ही थी, जिसने उन्हें सँभाले रखा। ऐसे विकट समय में उनके अपने और अपनों का प्रेम ही संबल बना रहा और तमाम तरह की मुश्किलों से उबारने में काम आया। हम इसे आशा, विश्वास, उम्मीद, हौसला, दिलासा आदि के चरम समय के रूप में भी स्मरण रख सकते हैं। इन्हीं सबने लोगों को उत्साह प्रदान किया और इस संकट से बाहर निकलने का ढाढ़स बँधाए रखा।

कोरोना काल की आपदा के दौरान मेरे संवेदनशील हृदय ने भी ऐसे अनेक लोगों को देखा, उन्हें करीब से जाना, उनके दिलों में बहते प्रेम को महसूस किया। ऐसे अनेक लोगों को मैं जानती थी, जो अपने व्यवसाय, नौकरी या किन्हीं अन्य दायित्वों के कारण स्वयं के लिए और अपने परिवार के लिए समय नहीं निकाल पाते थे। उनके जीवन में एक बोझिलता व नीरसता ने घर कर लिया था। कोविड-19 एक आपदा की तरह आया जरूर, लेकिन उनके जीवन में पुनः नवीन रस का संचार कर गया।

मेरे संवेदनशील मन ने भी लॉकडाउन की नीरसता और हताशा को महसूस किया। साथ-ही-साथ मन के एक कोने में यह आशा भी पलती रही कि जल्दी ही सब ठीक हो जाएगा। जीवन फिर मुसकराएगा। उसी दौरान मैंने महसूस किया कि प्रेम एक ऐसा मानवीय भाव है, जो न किसी आपदा को जानता है और न ही किसी दूरी या बंधन को मानता है। यह सदैव पनपता रहता है और विस्तार पाता रहता है। इसी प्रेम को केंद्र में रखकर मैंने कुछ कहानियाँ लिखीं और अब अपने प्रिय पाठकों को समर्पित कर रही हूँ। इन सभी कहानियों में प्रेम के अलग-अलग रंग हैं। युवाओं का प्रेम, दो अजनबियों का प्रेम, परिवारीजनों का प्रेम, दो बुजुर्गों का आत्मीय प्रेम, आदि सभी तरह की कहानियाँ आपको इस किताब में पढ़ने के लिए मिलेंगी। दरअसल प्रेम कभी भी रंग, रूप, जाति, धर्म, समाज, उम्र, रस्मो-रिवाज नहीं देखता। आज के तकनीकी युग में तो दूरियाँ भी प्रेम के आड़े नहीं आतीं। एक वह समय था, जब दो प्रेम करनेवाले एक-दूसरे को देखने के लिए भी तरस जाते थे, लेकिन आज के समय में तो एक क्लिक भर की देरी और दूरी है।

मैं अपनी यह पुस्तक आप सभी प्रिय पाठकों को प्रेमपूर्वक समर्पित करती हूँ। आप इसे पढ़ें और महसूस करें कि आप स्वयं को किस कहानी में पाते हैं! मुझे पूर्ण विश्वास है कि आप भी स्वयं को इन कहानियों के पात्रों के बीच ही महसूस करेंगे। यदि आप लोग स्वयं को इन कहानियों में आत्मसात् कर सकें तो मेरा लेखन सफल होगा।

—रश्मि

मेरी बात

इस संसार में यदि कुछ सतत है तो वह है—प्रेम। प्रेम हमेशा निर्बाध निरंतर बहता ही रहता है। इसे कभी किसी परिभाषा में नहीं बाँधा जा सकता। हम प्रेम कर सकते हैं, बाँट सकते हैं, उसे महसूस कर सकते हैं, लेकिन उस पर कोई बौद्धिक चर्चा नहीं कर सकते। प्रेम के लिए हम कोई सिद्धांत या कोई नियम नहीं बना सकते, क्योंकि प्रेम न तो कोई बौद्धिक चीज है और न ही कोई सैद्धांतिक। इसका संबंध तो आत्मा से है। प्रेम देने की भाषा है, बाँटने की चीज है, जीने की उम्मीद है। हम नदी को देख सकते हैं, उसके पानी को छू सकते हैं, अपनी आँखों से तैराकों को उसमें तैरते हुए भी देख सकते हैं, लेकिन इतना सब होने पर भी हम न तो नदी की थाह ले सकते हैं और न ही तैराकी के बारे में कुछ जान सकते हैं। नदी की थाह तो तभी मिलेगी, जब हम खुद नदी में उतरेंगे...और हम नदी में तभी उतर सकेंगे, जब हमें तैराकी आती होगी। तैरने के लिए पहले हमें खुद तैराकी सीखनी पड़ेगी। नदी की थाह और तैराकी का आनंद लेने के लिए हमें खुद तैरना होगा, उस नदी में उतरना होगा।

प्रेम को प्रेम से ही जाना जा सकता है। इसे पढ़कर, सुनकर, देखकर नहीं जाना जा सकता।

यदि हम विराटता से देखें तो यह पूरा संसार ही प्रेम से चल रहा है। ईश्वर स्वयं प्रेम का प्रतिरूप हैं। क्या हम भगवान् श्रीकृष्ण को प्रेम से अलग करके कभी समझ सकते हैं? कभी नहीं। वे स्वयं साक्षात् प्रेमस्वरूप हैं और यही संदेश पूरी मानवता को देते हैं। वे प्रेम का संदेश फैलाने ही इस संसार में आए

थे और सदैव आते भी रहेंगे। हम अपने ईश्वर में प्रेम देखते हैं और हमारा ईश्वर भी अपने भक्तों में प्रेम ही खोजता है। प्रेम के बिना तो ईश्वर भी अधूरे हैं और भक्त भी अधूरा है। यह प्रेम ही दोनों को परिपूर्ण बनाता है।

हम हर पल प्रेम में रह सकते हैं। प्रेम ही तो है, जो मनुष्य को विकट-से-विकट परिस्थिति में भी सँभाले रहता है, जीवन की आस बँधाए रहता है। मनुष्य को प्रेम का कोई भी अवसर खोना नहीं चाहिए। यह तो निरंतर लोगों के दिलों में बहते रहना चाहिए।

कोरोना के इस संकट काल में भी प्रेम ने ही लोगों को हौसला दिया। इसी ने आपस में एक-दूसरे से जोड़े रखा। ऐसे अनेक उदाहरण मिलते हैं कि जिन लोगों के बीच में किन्हीं कारणों से दूरियाँ आ गई थीं, उन्होंने इस दौरान आपस में बातचीत शुरू की और पुनः अपने संबंधों में मधुरता जगाई। कितने ही लोग प्रेम की वजह से ही एक-दूसरे की मदद के लिए आगे आए। मदद करनेवाले लोग एक-दूसरे को जानते भी नहीं थे, लेकिन फिर भी सिर्फ इसी भावना के तहत आगे आए और जरूरतमंदों की हर संभव सहायता की। यह सब प्रेम की भावना होने के कारण ही संभव हो सका। प्रेम मनुष्य को अपना दिल बड़ा करना सिखाता है, संकुचित करना नहीं। कितने ही लोगों ने अपने उन मित्रों और संबंधियों को याद किया, जिन्हें वर्षों से भुलाए बैठे थे।

स्नेही-परिवार लॉकडाउन के दौरान प्रेमपूर्वक साथ रहे। इतने लंबे समय तक बिना बाहर निकले एक-दूसरे के साथ रहना बिना प्रेम के संभव ही नहीं है। इतना बड़ा संकट और इतने अधिक मनुष्य, लेकिन फिर भी लोगों ने हर संभव इस संकट से बाहर निकलने का संकल्प लिया। इस दौरान कितने ही परिवारों के लोग कोविड-19 से प्रभावित हुए, कितने ही लोगों के पास संसाधनों की कमी रही, लोग रोजी-रोटी से वंचित रहे, लोगों की नौकरियाँ चली गईं, व्यवसाय बंद हो गए, लेकिन सिर्फ प्रेम ही था, जो उन्हें सँभाले रहा। ऐसे विकट समय में उनके अपने और अपनों का प्रेम ही संबल बना रहा और इस संकट के समय में तमाम तरह की मुश्किलों से उबरने में काम आया। हम इसे आशा, विश्वास, उम्मीद, हौसला, दिलासा आदि नामों से भी

पुकार सकते हैं, लेकिन यदि ध्यान से देखें तो इन सबके केंद्र में 'प्रेम' ही है। यह प्रेम ही है, जिसने लगातार लोगों को उत्साहित भी रखा और इस संकट से बाहर निकलने का ढाढ़स बँधाए रखा।

इसी प्रेम को केंद्र में रखकर मैंने यह बारह कहानियाँ अपने प्रिय पाठकों के लिए लिखी हैं। इन सभी कहानियों में प्रेम के अलग-अलग रंग हैं। युवाओं का प्रेम, दो अजनबियों का प्रेम, अपने परिवारीजनों का प्रेम, दो बुजुर्गों का आत्मीय प्रेम, आदि सभी तरह की कहानियाँ आपको पढ़ने के लिए मिलेंगी। दरअसल प्रेम कभी भी रंग, रूप, जाति, धर्म, समाज, उम्र, रस्म-ओ-रिवाज नहीं देखता। आज के तकनीकी युग में तो दूरियाँ भी प्रेम के आड़े नहीं आतीं। एक वह समय था, जब दो प्रेम करने वाले एक-दूसरे को देखने के लिए भी तरस जाते थे; लेकिन आज के समय में तो एक क्लिक भर की देरी है और दूरी है। मैं अपनी यह पुस्तक आप सभी प्रिय पाठकों को प्रेमपूर्वक समर्पित करती हूँ। आप इसे पढ़ें और महसूस करें कि आप स्वयं को किस कहानी में पाते हैं? मुझे पूर्ण विश्वास है कि आप भी स्वयं को इन कहानियों के पात्रों के बीच ही महसूस करेंगे। यदि आप लोग स्वयं को इन कहानियों में आत्मसात् कर सकें तो मेरा लेखन सफल होगा।

...और अंत में यही कहूँगी कि यदि प्रेम न हो तो यह संसार भी फीका है तथा मनुष्य खुद भी रीता-रीता सा है।

आपकी

—रश्मि

अनुक्रम

लॉकडाउन में मिली देसी गर्ल

"भैया, मुझे कुछ दिनों की छुट्टी चाहिए। मैं अपने गाँव जाना चाहता हूँ।"

"अरे! अचानक क्या हुआ? गाँव में सब ठीक तो है न?"

"गाँव में तो सब ठीक है, लेकिन सुनने में आ रहा है कि जो करुना नाम की बीमारी चीन में फैली है, अब वह पूरी दुनिया में फैलती जा रही है ...और तो और हमारे देश में भी आ गई है।"

"पहली बात तो उसका नाम करुना नहीं है, उसका नाम है—कोरोना। और दूसरी बात यह कि अभी ऐसा कुछ नहीं है। तुम लोग बेकार में ही इतना परेशान हो रहे हो और अफवाह फैला रहे हो।"

"हम काहे अफवाह फैलाएँगे? हम तो घर ढील के कहीं जाते भी नहीं... हम तो जो सुन रहे हैं और व्हाट्सएप और फेसबुक में देखते-पढ़ते आ रहे हैं, वही बता रहे हैं आपको। सुनने में तो यह भी आ रहा है कि मोदीजी भारत बंद करनेवाले हैं।"

"तुमसे कितनी बार कहा कि सोशल मीडिया की इन खबरों को सीरियसली मत लिया करो। भारत बंद करना इतना आसान है क्या? तुम्हें पता भी है कि इससे एक ही दिन में देश का कितना नुकसान होता है!"

"भैया, हम आपके जितने पढ़े-लिखे तो हैं नहीं। हम ठहरे आपके नौकर। हम तो केवल झाड़ू-पोंछा, चौका-बासन, घर के काम करना ही सीखे हैं, लेकिन इतना जरूर जानते हैं कि भारत बंद करने से उतना नुकसान

नहीं होगा, जितना कि इस करुना वायरस से होगा। यह वायरस लाखों लोगों की जान ले लेगा।"

"कुछ भी बोले जा रहा है! तू तो बहुत ही डर गया है।"

"हम इतने सालों से आपकी सेवा कर रहे हैं। हमने कभी आपसे छुट्टी नहीं माँगी। बताओ माँगी क्या? इस बार कुछ दिनों की छुट्टी दे दो। हम जल्दी लौट आएँगे, भैया!"

"लेकिन तुम अपने गाँव जाकर करोगे क्या?"

"आपको तो पता है कि हमारी घरवाली और बच्चे गाँव में ही हैं। वहाँ हमारे अम्मा और बाबूजी भी हैं, अपना खेत है, घर है। कुछ दिन वहीं रहेंगे सबके साथ। इस बीमारी से भी बचे रहेंगे और अपने परिवार का साथ भी मिल जाएगा। भैया! थोड़ा कम खा लेंगे, लेकिन घरवालों के साथ तो रहेंगे।"

"...और मेरा क्या होगा? तुझे तो पता है न मोहन कि मुझे घर का कोई भी काम नहीं आता। मेरा खाना कौन बनाएगा? घर के सारे काम कौन करेगा?"

"भैया, हम तो आपको भी यही कहेंगे कि आप भी अपने अम्मा-बाबूजी के पास दिल्ली चले जाओ। हम बता रहे हैं आपको, पूरा देश बंद होने जा रहा है।"

शोभित अपने नौकर मोहन की चिंता में डूबी भोली शक्ल देखकर हँस दिया।

"आप हँस रहे हो! नहीं मान रहे हो न? ...तो न मानो, आपकी मर्जी। लेकिन भैया, हमें छुट्टी दे दो।"

"अच्छा ठीक है, जा, लेकिन फोन पर बात करते रहना।"

"हाँ भैया, हम जल्दी लौट आएँगे! आप चिंता न करना ...और हाँ! हमने आपके लिए दो दिन का खाना बनाकर फ्रिज में रख दिया है। दो दिन तक आपको कोई परेशानी नहीं होगी, लेकिन गरम करके ही खाना।"

शोभित उसके जाने की बात से उदास हो उठा था, इसलिए कुछ नहीं बोला। मोहन को उसकी शक्ल देखकर दया आ गई। इतने सालों से वह ही

शोभित के सारे काम करता आ रहा था। अब वह इस घर का नौकर कम, बल्कि एक सदस्य ज्यादा बन चुका था। शोभित ने आज तक न तो उसे डाँटा था और न ही कोई सवाल-जवाब किया था। उसने भी तो शोभित को कभी कोई शिकायत का मौका नहीं दिया, पूरी श्रद्धा और ईमानदारी से घर सँभालता रहा।

शायद मोहन को अंदाजा था कि शोभित उसे छुट्टी दे देगा, गाँव जाने देगा, इसलिए वह पहले से ही अपना सामान बाँध चुका था।

जाते-जाते उसने मुड़कर देखा। उदास शोभित के पास आकर घुटने के बल बैठ गया और उसके दोनों हाथों को पकड़कर बोला, "भैया, हम आपसे फिर कह रहे हैं, आप भी अपने घर चले जाओ। यहाँ अकेले मत रहो। कितना भी बड़ा दुःख या मुसीबत काहे न हो, परिवार के साथ छोटा ही लगता है।"

"हाँ, ठीक है ···ले, ये कुछ पैसे रख ले, तेरे काम आएँगे।"

"भैया, पैसे तो हैं मेरे पास, परसों ही तो दिए थे आपने।"

"अरे, रख ले! काम आएँगे। वैसे भी तू इतने सालों बाद बीवी-बच्चों से और अपने माता-पिता से मिलेगा। पहुँचकर फोन करना, समझा?"

"हाँ भैया··· वैसे हम जल्दी लौट आएँगे।"

"ठीक है···"

शोभित सोफे पर बैठा लोगों के इस डर के बारे में सोचने लगा। तभी उसका मोबाइल बज उठा। मम्मी का फोन था।

"शोभित बेटा, कैसा है तू?"

"मैं अच्छा हूँ, मम्मी। आप और पापा कैसे हो?"

"हाँ बेटा, हम भी अच्छे हैं। न्यूज देखी तूने?"

"हाँ मम्मी, आप भी शायद कोरोना की बात करना चाह रही हैं न?"

"हाँ शोभू। आज मोदीजी रात में देश को कुछ कहना चाहते हैं। देखना बेटा, वे जरूर लॉकडाउन ही लगाएँगे। तू भी यहीं आ जा। अभी तुरंत टिकट बुक कर दे। आज रात की जो भी बस मिले, उससे आ जा। और हाँ! हो सके तो मोहन को भी उसके घर ही भेज दे। वह भी खुश हो जाएगा।"

"मम्मी, मोहन आज ही अपने गाँव निकल गया है। लेकिन मुझे एक बात समझ में नहीं आ रही कि आप सब लोग इतना पेन क्यों ले रहे हैं? मुझे नहीं लगता कि कोई इतनी गंभीर बात है! जिसे देखो वही टेंशन में है।"

"नहीं बेटा, ऐसे मत बोल, यह टेंशन की ही बात है। पता नहीं तू क्यों नहीं समझ पा रहा! यह कोई छोटी-मोटी बीमारी नहीं है, एक वायरस है। और वो भी ऐसा वायरस जिसकी न तो कोई वैक्सीन है और न ही कोई मेडिसिन···"

"···हाँ-हाँ, पता है, मम्मी।" उसने माँ की बात को बीच में ही काटकर कहा।

"तो तू आ रहा है न?"

"हाँ, मैं देखता हूँ कि आज रात की कौन सी बस मिलती है। आने की कोशिश करता हूँ।"

"गुड··· आ जा। हम तेरा इंतजार कर रहे हैं।"

शोभित अब भी सोच में पड़ा हुआ था। वह समझ नहीं पा रहा था कि सब लोग जितना डर रहे हैं, क्या यह वाकई उतना सीरियस मैटर है भी?

फिर उसने टी.वी. ऑन कर लिया। हर न्यूज चैनल पर कोरोना की ही खबरें चल रही थीं और बार-बार मोदीजी द्वारा दिए जानेवाले संबोधन की सूचना दी जा रही थी।

अब शोभित की जिज्ञासा भी जाग उठी। सबसे पहले उसने आज रात का दिल्ली का टिकट ऑनलाइन बुक किया और फिर मोदीजी की स्पीच सुनने बैठ गया। पहले मोदीजी ने कोरोना के प्रति सभी को आगाह किया, फिर घोषणा की कि आज रात 12:00 बजे से पूरे देश में लॉकडाउन किया जा रहा है। सभी लोग अपने-अपने घरों में रहें, जो जहाँ है, वहीं रहे। इसे एक तरह का कर्फ्यू ही मानें। इस महामारी को रोकने का यही एकमात्र उपाय है।

अब तो शोभित को भी यकीन हो गया कि वाकई खतरा बड़ा है।

उसने सोचा कि मुझे भी मम्मी-पापा से मिले काफी टाइम हो गया है, घर हो ही आता हूँ। मैंने पिछले बहुत समय से छुट्टी भी नहीं ली है, अप्लाई

करूँगा तो सर मना नहीं करेंगे। और वैसे भी ये मोहन का बच्चा भी अपने गाँव चला गया है। खाना कौन बनाएगा, सफाई कौन करेगा, मुझे तो कुछ आता ही नहीं है···

उसने बॉस को चार दिन की छुट्‌टी के लिए मेल सैंड कर दी।

अपने कुछ कपड़े और जरूरी सामान एक बैग में डाला। फिर लैपटॉप पैक किया। पूरे घर की बिजली की चीजें ऑफ कीं। हर चीज अच्छी तरह से चेक की और फिर घर को ठीक से लॉक करके नीचे आ गया।

उसने बिल्डिंग की पार्किंग में खड़ी अपनी कार को भी चेक किया कि अच्छी तरह से बंद है! फिर पार्किंग क्रॉस करता हुआ गेट की तरफ चल दिया। घड़ी में टाइम देखा तो सोचा कि गेट से ऑटो ही ले लेता हूँ, टैक्सी बुक करने के चक्कर में कहीं लेट न हो जाऊँ! टेक्सी का कोई भरोसा नहीं, कभी दो मिनट में ही आ जाती है, कभी 10 मिनट लगा देती है और कभी-कभी तो ड्राइवर जाने से ही मना कर देता है··· ऑटो ही ठीक रहेगा।

वह गेट के पास पहुँचा तो देखा कि तीन-चार लोग झुंड बनाकर खड़े हैं और सोसाइटी का मैनेजर किसी लड़की के साथ बहस कर रहा है।

वह दौड़कर पास गया, "क्या हुआ शर्माजी? क्यों इतना नाराज हो रहे हैं?"

शर्माजी तो गुस्से के मारे कुछ नहीं बोले, लेकिन गेटकीपर ने बताया, "साहब! ये मैडम हमारी सोसाइटी में रहने आई हैं। और साहब इन्हें यहाँ रहने से मना कर रहे हैं।"

"देखिए मिस्टर शोभित! अब आप बीच में मत बोलिएगा। मुझे पता है, आपको सबकी मदद करने की बड़ी आदत है।"

शर्माजी ने शोभित को पहले ही चेतावनी दे दी, लेकिन तभी वह लड़की बोली, "अरे! इसमें मदद करनेवाली कौन सी बात है? मैं यहाँ रहने के लिए कोई रिक्वेस्ट थोड़े ही न कर रही हूँ। मैंने पंद्रह दिन पहले ही आपकी सोसाइटी में फ्लैट बुक कर दिया था ···और एडवांस पेमेंट भी कर रखी है!"

"देखिए मैडम, आपने पंद्रह दिन पहले बुक किया होगा, लेकिन अब

मैं आपको इस सोसाइटी में नहीं रहने दे सकता। आप सीधे अमेरिका से चली आ रही हैं··· कोरोना इतना फैल रहा है! हमारे मोदीजी ने आज रात 12:00 बजे के बाद से लॉकडाउन का ऐलान भी कर दिया है। आपकी वजह से यहाँ किसी को कुछ हो गया तो? यहाँ लोगों के घरों में बुजुर्ग हैं, छोटे-छोटे बच्चे हैं। मैं आपको इस बिल्डिंग में नहीं रहने दूँगा।"

"अरे! लेकिन मैंने तो एडवांस बुकिंग की थी और पहले से ही ऑनलाइन पैसे भी पे कर दिए थे। अब मैं इतनी रात में इस अनजान शहर में कहाँ जाऊँगी? रहने के लिए कौन सा ठिकाना खोजूँगी? मैं तो यहाँ किसी को जानती तक नहीं···"

"मैडमजी! मैं आपसे एक ही बात कह रहा हूँ कि आप अभी-अभी एयरपोर्ट से सीधे चली आ रही हैं और आपका टेस्ट भी नहीं हुआ है। हम आपको अपनी बिल्डिंग में रहने की परमिशन कैसे दे दें? आपको पहले किसी अस्पताल में जाना चाहिए था। कुछ दिन क्वारंटाइन रहना चाहिए था। इंडिया में कोरोना आप जैसे बाहर के देशों से आनेवाले लोगों की वजह से ही फैल रहा है। मैं एक आपके लिए अपनी सोसाइटी के लोगों की जान खतरे में नहीं डाल सकता।"

"अरे भाई! एयरपोर्ट पर मेरा चेकअप हुआ है। मैं एकदम नॉर्मल हूँ। मुझे कुछ नहीं हुआ ···और मैं यहाँ भी एक हफ्ते-दस दिन अपने आपको अपने फ्लैट में क्वारंटाइन ही रखूँगी, बाहर नहीं निकलूँगी। आप क्यों चिंता कर रहे हैं?"

"नहीं-नहीं, मैडम, हम कुछ नहीं जानते। आप यहाँ नहीं रह सकतीं। पूरी सोसाइटी की जिम्मेदारी मेरी है और मैं आपको यहाँ रहने की इजाजत नहीं दे रहा··· बस!"

"लेकिन यहाँ रहना मेरा हक है, मैं पेमेंट कर चुकी हूँ। लीगली आप मुझे यहाँ रहने से ऐसे कैसे रोक सकते हैं?"

"कोई बात नहीं मैडम, हम अभी आपका पेमेंट रिटर्न कर देते हैं। एक घंटे के भीतर आपके अकाउंट में पैसे पहुँच जाएँगे। आप यहाँ नहीं रह सकतीं

तो नहीं रह सकतीं, बात खत्म। अपना सामान उठाइए और यहाँ से चलती बनिए। आपकी टैक्सी अभी भी खड़ी हुई है। जिससे आई हैं, उसी से लौट जाइए।"

"अरे! इतनी रात को मैं कहाँ जाऊँगी? एक लड़की को ऐसे अकेले देखकर आप परेशान कर रहे हैं? जबकि आपको मदद करनी चाहिए। अब तो मैं कहीं नहीं जानेवाली। यदि आप फ्लैट की चाबी नहीं देंगे तो रातभर यहीं गैरेज में बैठी रहूँगी, आपको जो करना है, कर लीजिए।"

...और वह सचमुच वहाँ एक बेंच पर बैठ गई।

"अरे! यह तो हद ही हो गई।"

मैनेजर बुरी तरह से झुंझला उठा। बाकी लोग मूकदर्शक बने खड़े थे। लड़की की मदद करना चाहते थे, लेकिन कोरोना की वजह से डर भी रहे थे। इतनी गरमागरमी देखकर शोभित मैनेजर को एक किनारे ले गया और समझाते हुए बोला, "देखिए, अच्छे घर की पढ़ी-लिखी लग रही है। बाहर से आई है, ऊपर से अकेली भी है। कहाँ जाएगी इतनी रात को? रह लेने दीजिए। बीमार भी नहीं लग रही और वैसे भी कह रही है न कि अपने को अंदर ही रखेगी।"

"ऐसे कैसे विश्वास कर लें? अमेरिका से आ रही है। इस जैसे लोग ही इस बीमारी को हमारे देश में लेकर आ रहे हैं।"

"हाँ, आपकी बात सही है, लेकिन मेरा दिल कह रहा है कि..."

"शोभितजी, दुनिया आपके दिल के हिसाब से नहीं चलती। अगर कल को सोसाइटी में किसी को कुछ हो गया तो कौन गारंटी लेगा?"

"मैं गारंटी लेता हूँ। मुझे पता है, किसी को कुछ नहीं होगा। हाँ, लेकिन अब इसके बाद न तो कोई सोसाइटी से बाहर जाएगा और न ही कोई बाहर का यहाँ आएगा। ठीक है?"

"ठीक है, भाई आप कह रहे हैं, इसलिए आने दे रहा हूँ इन मैडम को", फिर उसने गेटकीपर को फ्लैट की चाबी दे देने के लिए कहा।"

शोभित ने लड़की से पूछा, "क्या नाम है आपका?"

"रंजना।"

"फ्लैट नंबर?"

"मेल में 105 लिखा था।"

तब तक गेटकीपर ने फ्लैट की चाबी निकालकर दे दी।

"ग्रेट! मेरा 104 है। चलिए, मैं ही आपको फ्लैट तक ले चलता हूँ। वैसे भी यहाँ आते के साथ आपको इतना शानदार वेलकम मिल गया है।"

"थैंक यू शोभितजी। लेकिन मैं देख रही हूँ कि लोग इस कोविड-19 से सावधान कम हैं, बल्कि डरे हुए ज्यादा हैं।"

"डरे हुए तो हैं रंजनाजी, लेकिन यहाँ के लोग ऐसे नहीं हैं, यहाँ सभी बहुत अच्छे हैं। दरअसल अभी कुछ समय पहले ही पीएम ने आज रात 12 बजे से लॉकडाउन कर दिया है, इसलिए मैनेजर कोई रिस्क नहीं लेना चाह रहे थे। वरना काफी अच्छे दिल के हैं।"

"बट थैंक्स टू यू। आज अगर आप नहीं होते तो मुझे आपके मैनेजर साहब बाहर निकालकर ही शांत होते।"

"हा··· हा··· हा··· लेकिन आप निकलती ही नहीं, मुझे पता है। आप भी तो धरना देकर बैठ गईं थीं। वैसे बहुत बहादुर हैं आप!"

"···और आप बहुत मददगार," रंजना ने कृतज्ञतापूर्वक मुसकराते हुए कहा।

लिफ्ट में पहुँचते ही शोभित ने अपनी घड़ी की ओर देखा, फिर मन-ही-मन बोला, 'अब तो बस निकल भी गई होगी ···और दूसरी मिलने से रही।'

"दसवें फ्लोर पर लिफ्ट का दरवाजा खुला। शोभित ने रंजना से बाईं तरफ चलने का इशारा किया।"

"लीजिए मैडम, आपका फ्लैट आ गया ···और यह आपके बिल्कुल बगल वाला फ्लैट मेरा है। किसी भी हेल्प की जरूरत हो तो बताइएगा।"

"पहले ही आपने मेरी बहुत बड़ी मदद कर दी है। थैंक यू वैरी मच।"

"मैंने आपकी मदद एक ही बार की है, लेकिन आप अब तक तीन बार मेरा शुक्रिया अदा कर चुकी हैं। मुझपर दो पॉइंट एक्स्ट्रा चढ़ गए।"

दोनों खिलखिलाकर हँस दिए।

"हो सकता है शोभितजी कि अभी आपको मेरी और हेल्प करनी पड़े। तब उतार दीजिएगा ये पॉइंट्स ...बाय, गुड नाइट।"

"मैडम! आप मेरा ये विजिटिंग कार्ड रखिए। किसी भी चीज की जरूरत हो तो बिना संकोच के फोन कर लीजिएगा और अब नो थैंक यू ...गुड नाइट।"

रंजना ने थैंक यू बोलने के लिए ही मुँह खोला था, लेकिन शोभित की इस बात पर जोर से हँस दी।

अगले दिन सुबह शोभित अपनी चाय लेकर बालकनी में गया तो देखा कि रंजना भी बालकनी में बैठी है ...लेकिन अपने मोबाइल में डूबी हुई।

उसने गुड मॉर्निंग बोलने के लिए हाथ उठाया, लेकिन फिर नीचे कर लिया। उसने सोचा कि उसका ऐसा करना ठीक नहीं होगा। अभी इतनी भी जान-पहचान नहीं है। क्या पता ज्यादा फ्रेंडली बनने के चक्कर में कहीं वह उसके बारे में कुछ उल्टा-सीधा न सोचने लगे।

चाय खत्म करके वह अंदर आ गया। सोचा माँ को अपने न आ पाने के बारे में बता दूँ। वरना उसकी राह देखती रहेंगी ...लेकिन तभी माँ का ही फोन आ गया, "शोभित बेटे, तू कहाँ तक पहुँचा? हम तुझे लेने आ जाएँगे। पता नहीं कोई टेक्सी या ऑटो मिले कि न मिले..."

"मम्मी, मैं नहीं आ पा रहा हूँ। कल मेरी बस छूट गई..."

"अरे! तो अब तू क्या करेगा? कैसे रहेगा अकेले? और तेरा खाना-पीना कौन बनाएगा? मोहन को भी तूने छुट्टी दे दी। तुझे तो कुछ बनाना भी नहीं आता शोभू..."

"सब हो जाएगा मम्मी। आप टेंशन मत लीजिए। कुछ-न-कुछ पका ही लूँगा। आप हमेशा कहती थीं न कि 'एक दो डिश बनाना सीख ले शोभित' ...तो लीजिए, अब इस लॉकडाउन में यही सीखूँगा।"

माँ-बेटे दोनों हँस दिए। माँ से बात करते-करते शोभित ने मेल की तरफ देखा। अभी-अभी ऑफिस से आई थी—'वर्क फ्रॉम होम'। शोभित का चेहरा खिल उठा। चलो अब कुछ दिन आराम से घर से ही काम करूँगा। उसने माँ

को भी इस मेल के बारे में बता दिया। उन्हें भी यह जानकर तसल्ली हो गई।

"…तो फिर अब घर में ही रहना बेटे, बाहर मत निकलना।"

"हाँ माँ।"

पूरा दिन बीत गया। शोभित कई बार बालकनी में निकला, लेकिन रंजना नहीं दिखी। अगले दिन भी वह पूरे समय अंदर ही रही। इन दो दिनों तक शोभित ने फ्रिज में रखा खाना गरम करके खाया। इसके लिए वह मन-ही-मन मोहन को दुआएँ भी देता रहा, लेकिन आज जैसे ही उसने फ्रिज खोला तो वहाँ खाने के लिए कुछ भी नहीं बचा था। उसने चाय बनाई और बिस्कुट खा लिये …लेकिन बिस्कुट से क्या होता है! थोड़ी देर बाद फिर पेट में चूहे कूदने लगे। वैसे उसे अंदाजा था कि ऑनलाइन खाना नहीं मिलेगा, लेकिन फिर भी भूख के मारे उसका दिल नहीं माना और उसने जोमेटो, स्वीगी सभी जगह ट्राय कर लिया। हर जगह नो डिलीवरी का ही मैसेज पढ़ने को मिला। 'लॉकडाउन में फूड डिलीवरी कहाँ पॉसिबल होगी!' वह खुद से बड़बड़ाया।

उसने सोचा कि अपने दोस्त से पूछे। शायद कोई हल मिले—"हैलो!"

"कैसा है भाई?"

"भूख से बुरा हाल हो रहा है यार। तेरे पास किसी लोकल फूड डिलीवरीवाले का या किसी टिफिन सर्विसवाले का नंबर है?"

"नहीं यार! कंप्लीट लॉकडाउन है। लोकल शॉप्स तक बंद हैं। मेरे घर के सामनेवाली छोटी सी केमिस्ट शॉप खुली है, बाकी सब सन्नाटा… क्यों, तेरा सर्वेंट कहाँ गया?"

"वो अपने गाँव निकल गया है… अच्छा सुन! तू किसी कुक को जानता है?"

"नहीं दोस्त! लेकिन वाइफ से पूछता हूँ। यदि कोई हुई तो तुझे बताऊँगा। वैसे मुश्किल ही है कि कोई मिले, ये सब-के-सब अपने-अपने गाँव भाग रहे हैं। डर की वजह से सभी ने इन्हें कुछ दिन काम पर न आने के लिए कह दिया है न!"

"ओके… चल बाय।"

"सुन, तू एक काम कर, यू-ट्यूब से देख-देखकर बनाने की कोशिश कर न! ···क्या फर्क पड़ेगा अगर कुछ अजीब भी बन गया तो? तुझे ही तो खाना है। शुरू में एकदम सिंपल चीजें बना।"

"हाँ, यही करता हूँ। थैंक्स यार, बाय।"

शोभित ने अब खुद ही कुछ बनाने का निर्णय लिया। वह आँख बंद करके याद करने की कोशिश करने लगा कि मम्मी, दीदी, मोहन, ये सब लोग आलू का पराठा कैसे बनाते थे? आलू उबालते थे, मैश करके नमक डालते थे। फिर आटा गूँथकर उसके अंदर आलू छुपा देते थे और बेल देते थे। घी से सेंक लेते थे। सिंपल ही तो है। लेकिन फिर सोचा, 'न-न, आलू का अभी रहने देता हूँ। पहले सादा पराठा बनाकर देखता हूँ, ऐसा भी कौन सा मुश्किल काम है! टेढ़ा-मेढ़ा ही बनेगा न? कोई बात नहीं, मुझे ही तो खाना है' ···और वह किचन में चल दिया।

लेकिन जैसे ही उसने आटा गूँथना शुरू किया, रोना आ गया। इतना भी आसान काम नहीं था ···इन्फेक्ट जरा भी आसान काम नहीं था। जितना पानी डालता जाता, आटा हाथ में चिपकता जाता। पानी सुखाने के लिए और आटा डालता तो पानी कम लगने लगता। वह बड़ी देर तक आटे के साथ जूझता रहा और इस सूखे और गीले के खेल में उलझा रहा। आखिर में हार मानकर सोफे पर जाकर बैठ गया।

तभी डोरबेल बज उठी। उसने कैमरे में देखा, रंजना थी। वह सकपका गया कि ऐसे सने हुए हाथ लेकर दरवाजा कैसे खोले! लेकिन कोई चारा नहीं था सो आटे वाला हाथ पीछे करके दरवाजा खोल दिया।

"आप बिजी तो नहीं हैं?"

"नहीं, नहीं।"

"ये हाथ में क्या छिपा रहे हैं आप?"

"नहीं तो, कुछ भी नहीं···"

"मैं बाद में आऊँ, यदि आप बिजी हैं तो···"

"अरे नहीं रंजनाजी, वो आटा गूँथने की कोशिश कर रहा था। मुझे

घर का कोई काम आता-जाता तो है नहीं ···लेकिन अब मजबूरी है तो क्या करूँ?"

"पता नहीं मुझे आपसे पूछना चाहिए कि नहीं··· आपके घर में और कौन-कौन···"

रंजना ने संकोच से अपना वाक्य अधूरा छोड़ दिया। लेकिन शोभित उसका प्रश्न समझ गया।

"अरे, इसमें संकोच कैसा! आप पूछ सकती हैं। आफ्टरऑल हम पड़ोसी हैं···"

"···और दोस्त भी।"

"जी-जी बिल्कुल··· मेरी फैमिली में मम्मी-पापा और दीदी हैं। दीदी मैरिड हैं। वे सब दिल्ली में रहते हैं। जैसे ही मेरा मास्टर्स कंप्लीट हुआ, यहाँ जॉब लग गई। यह मेरी फर्स्ट जॉब है। यहाँ मैं अकेला ही रहता हूँ, लेकिन एक सर्वेंट भी साथ में रखा हुआ है। वही घर के सारे काम करता है। दो दिन पहले ही वो अपने गाँव निकल गया। इस कोरोना के डर से भाग गया। जाते-जाते मुझे भी समझा रहा था कि भैया, आप भी घर निकल जाओ···"

"ओ माय गॉड! अब समझ में आया··· तभी उस रात आपके हाथ में बैग था। आप मेरी वजह से अपने पेरेंट्स के पास नहीं जा पाए? मैंने भी नहीं पूछा उस दिन, और आपने भी नहीं बताया। आप इतनी शांति से हमारा आर्ग्युमेंट सुन रहे थे, फिर अपने मैनेजर को समझा रहे थे, मैं समझी कि आप कहीं से वापस आ रहे हैं। आई एम सो सॉरी शोभितजी!"

रंजना ने मासूमियत से अपने दोनों कान पकड़ लिये। शोभित को उसकी यह मासूमियत बहुत प्यारी लगी। मगर वह सिर्फ हँस दिया।

"कोई बात नहीं, अब भी तो अपने ही घर में हूँ। अगर मैं उस दिन आप दोनों के बीच में नहीं आता तो आप परेशान हो गई होतीं।"

"या, यू आर राइट··· थैंक यू एंड सॉरी।"

"एक और थैंक यू! चलिए टोटल थ्री पॉइंट्स हो गए ···अच्छा ये बताइए चाय पीएँगी?"

"नहीं ···बिल्कुल भी नहीं। दो दिन से चाय और ब्रेड ही खा रही हूँ। बोर हो गई इन दोनों से। एक ब्रेड और कुछ टी-बैग्स साथ रख लाई थी, लेकिन अब तो वो भी खत्म हो गए हैं। मैं आपसे यही पूछने आई हूँ कि यहाँ कोई ग्रॉसरी शॉप है आसपास?"

"हाँ है न। एक तो सोसाइटी के अंदर ही है और दो बाहर हैं। मॉल तो जरा दूर है···"

"बंद न हों ये सब!"

"कह नहीं सकते··· हो सकता है बंद ही हों। मैं एक काम करता हूँ, फोन करके पूछ लेता हूँ।"

रंजना ने 'हाँ' में अपना सिर हिला दिया। जो सोचा था, वही हुआ, फोन करने पर पता चला कि सब दुकानें बंद है। रंजना उदास हो गई।

"अब क्या करूँगी! यह तो सोचा भी नहीं था। मम्मी-पापा के समझाने पर मैंने आने से पहले ही यहाँ रहने का इंतजाम कर लिया था, ताकि परेशानी न हो ···लेकिन अब बिना राशन के जिंदा कैसे रहूँगी? ऑनलाइन भी कुछ नहीं मिल रहा, अचानक लॉकडाउन हो जाने की वजह से मेरे यहाँ आते ही सारी दुकानें भी बंद हो गईं। अब क्या करूँ?

"रंजनाजी! यदि आप बुरा न मानें तो एक तरीका है, आपके राशन के इंतजाम का।"

"पहले बताइए तो···"

"देखिए! मेरे किचन में हर चीज है, लेकिन मुझे कुकिंग नहीं आती, इसलिए वे मेरे किसी काम की नहीं हैं, जबकि आपको कुकिंग आती है, लेकिन आपके पास कोई सामान नहीं है। इसलिए आप मेरे किचन से जो चाहें, वो ले जाएँ। आखिर किसी का तो काम बने।"

"यह तो बड़ा अच्छा आइडिया है। लेकिन मेरी एक शर्त है।"

"क्या?"

"आपको अपने राशन की कीमत लेनी होगी।"

"कैसी बातें कर रही हैं आप ···यह तो इम्पॉसिबल है। मैं एक दोस्त के

नाते आपकी मदद कर रहा हूँ, बेच थोड़े ही रहा हूँ। मैं पैसे नहीं ले सकता, सॉरी।"

"हर चीज की कीमत पैसे से ही तो नहीं अदा होती ···और भी तरीके हो सकते हैं शोभितजी! बचपन में बारटर सिस्टम के बारे में नहीं पढ़ा था?"

शोभित सोच में पड़ गया। रंजना हँसते हुए बोली, "आप मुझे आटा दीजिए, मैं आपको रोटी दूँगी। आप मुझे दाल दीजिए, मैं आपको पकाकर दूँगी।"

"नहीं–नहीं! यह तो सेल्फिश होना हुआ··· मैं आपको कुछ सामान दे रहा हूँ तो इसका मतलब मैं आपका फायदा उठाऊँ? अपने काम आपसे करवाऊँ?"

"तो मैं भी नहीं ले सकती, सॉरी। ऐसे तो फिर मैं स्वार्थी हुई न?"

शोभित रंजना के इस तर्क के आगे निरुत्तर हो गया। उसने इशारे से उसे किचन का रास्ता दिखा दिया। रंजना ने किचन में जाते ही सबसे पहले वही आटे की पराँत उठा ली, जिससे थोड़ी देर पहले शोभित जूझ रहा था।

"अरे! इसे रहने दीजिए, यह तो बेकार हो गया है। पता नहीं मैंने इसका क्या हाल कर डाला।"

"डोंट वरी, मैं इसे ठीक कर दूँगी। इस समय कोई भी चीज वेस्ट करना सही नहीं होगा। पता नहीं लॉकडाउन में ये सब आसानी से मिलें कि नहीं!"

रंजना की इस बात ने उसे अपनी माँ की याद दिला दी। वे भी किसी सामान को बरबाद करना पसंद नहीं करती हैं ···खाने की चीजों को तो जरा भी नहीं।

"शोभित देखकर हैरान रह गया कि रंजना ने थोड़ा पानी और थोड़ा सूखा आटा डालकर उसे ठीक कर लिया। हालाँकि उसे ऐसा करने में काफी मेहनत करनी पड़ी। वह किचन से बाहर जाने के लिए जैसे ही मुड़ा तो रंजना ने रोक दिया।

"आप कहाँ चल दिए! मेरी हेल्प कीजिए।"

"मैं और हेल्प! क्यों अपना काम बढ़ाना चाहती हैं?"

"कोई बात नहीं, काम बढ़ेगा तो ठीक भी आपसे ही करवा लूँगी, लेकिन अगर आप साथ में काम नहीं करवाएँगे तो कभी सीख ही नहीं पाएँगे।"

"ओके बॉस!"

रंजना ने उसे आलू छीलने और काटने के लिए दिए। पहले तो शोभित झिझका, लेकिन फिर छीलने की कोशिश करने लगा, किंतु वह तो चाकू भी ठीक से पकड़ नहीं पा रहा था। रंजना को हँसी आ गई। उसने उसे चाकू पकड़ना सिखाया। शोभित ने छोटे-बड़े, आड़े-टेढ़े जैसे भी काट पाया, काट दिए। शोभित रंजना को काम करता हुआ देखकर सोचने लगा कि यह कितनी देसी-सी लड़की है। लगता ही नहीं है कि अमेरिका से आ रही है।

रंजना ने दो प्लेटों में खाना लगाया। एक प्लेट शोभित की ओर बढ़ा दी और अपनी प्लेट लेकर अपने फ्लैट में जाने लगी। तभी शोभित ने धीरे से कहा, "आप यहीं खा लीजिए। कंपनी मिल जाएगी ...इफ यू डोंट माइंड।"

वह मुसकराकर टेबल पर उसके सामने बैठ गई।

"रंजनाजी! आपने अपने बारे में कुछ बताया ही नहीं।"

"आपने पूछा ही नहीं..."

"...तो अब बता दीजिए। दरअसल मैं थोड़ा संकोच कर गया, लेकिन अब तो हम फ्रेंड्स हैं। आई मस्ट से, आप खाना बहुत अच्छा बनाती हैं।" शोभित ने खाते हुए उसकी तारीफ की।

"थैंक्स। घर में मम्मी-पापा और भैया-भाभी हैं। वे सभी हैदराबाद में रहते हैं। मैं मेडिकल साइंस की रिसर्चर हूँ। अपनी स्टडी के लिए यू.एस. चली गई थी और आजकल वहीं काम करती हूँ। यहाँ के मोतीलाल रिसर्च इंस्टीट्यूट ने कोरोना की वैक्सीन पर काम करने के लिए मुझे भी बुलाया है।"

"आपने तो मुझे हैरान ही कर दिया! मुझे यकीन नहीं हो रहा कि एक साइंटिस्ट इतनी अच्छी कुकिंग भी कर सकती है!"

"साइंसवाले कुकिंग क्यों नहीं कर सकते? इन्फेक्ट कोई भी कुछ भी कर सकता है। यह तो अपने शौक और अपनी जरूरत की बात है शोभितजी! जब मैं घर में रहती थी, तब कोई भी काम नहीं करती थी, लेकिन यू.एस.

जाकर सब खुद ही करना सीखा। खुद करने के अलावा कोई और चारा ही नहीं था मेरे पास। रोज-रोज बाहर का खाना हेल्थ को नुकसान पहुँचा रहा था ...और वैसे भी हम इंडियन दो दिन से ज्यादा रोटी के बिना रह ही नहीं सकते।"

"हा... हा... हा... यह तो एकदम ठीक कहा आपने, हमारा पेट तो अपने इंडियन फूड से ही भरता है। आई मस्ट से डॉ. रंजना, यू आर ए सिंपल देसी गर्ल।"

"आपने मेरे नाम के आगे डॉक्टर लगाकर उसे कितना भारी-भरकम बना दिया। दोस्तों को तो नाम से ही पुकारना चाहिए न?"

"हाँ, यह बात भी सही है आपकी। तो अब आप मुझे सिर्फ शोभित कहेगीं और मैं आपको रंजना।"

"डन। अच्छा, अब मैं चलती हूँ। आप भी आराम कीजिए।"

"ओके। रंजना, कभी भी किसी भी चीज की जरूरत हो तो बिल्कुल भी संकोच मत करना। किसी भी समय फोन या मैसेज कर देना। आपके पास मेरा नंबर है ही..."

"ओके शोभित, बाय।"

करीब आधे घंटे बाद शोभित के मोबाइल पर मैसेज आया—'इस अनजान शहर में मेरी मदद करने के लिए थैंक यू शोभित। आपको जितने पॉइंट एड करने हों, करते जाइए, लेकिन मैं तो आपका शुक्रिया अदा करूँगी। यदि आपने मेरी मदद नहीं की होती तो मैं आज कितनी परेशानियाँ झेल रही होती।'

'रंजना, जब परेशानियाँ खत्म हो जाएँ, तब उन्हें बार-बार याद नहीं करना चाहिए। मैं भी कह सकता हूँ कि यदि आज आप कुकिंग न करतीं तो मैं तो भूख से ही तड़प-तड़पकर...'

'हा...हा...हा... चलिए तो एक काम करते हैं, कल आप खाना बनाइएगा। कल मैं सिर्फ गाइड करूँगी। कुकिंग आप करेंगे।'

'आपको भरोसा है मुझ पर? आपको कल खाना खाना है या फास्ट करना है?'

'हा···हा···हा··· खाना खाना है और वो भी आपके हाथ का··· गुड नाइट।'

"अगले दिन रंजना ने वही किया, जो सोचा था। पुलाव बनाने के लिए शोभित को गाइड करती गई और जब पुलाव बनकर तैयार हुआ तो शोभित की तारीफ करते हुए बोली, "वाह शेफ! कितना टेस्टी पुलाव बनाया है। कहाँ से सीखा?"

शोभित को अब उसकी इन छोटी-छोटी शरारतों पर प्यार आने लगा था, लेकिन वह खुद को रोक लेता। उसने महसूस किया कि रंजना के लिए उसके मन में कुछ अलग तरह के एहसास जागने लगे हैं। बिल्कुल अलग, ऐसे एहसास जो पहले किसी और लड़की के लिए नहीं हुए। रंजना इतनी पढ़ी-लिखी होने और यू.एस. में रहने के बाद भी बिल्कुल हिंदुस्तानी रंग में रँगी हुई लड़की थी। न कोई घमंड, न कोई दिखावा··· एकदम सरल और हँसमुख।

इधर रंजना उसके जवाब का इंतजार कर रही थी—'क्या बात है जनाब! कहाँ खो गए आप? क्या अपना होटल खोलने का सपना देखने लगे? यार! तारीफ की है आपकी, थैंक यू तो कहिए।'

'अब थैंक यू को साइड कर देते हैं। अभी तो हमें बहुत कुछ करना है साथ में। कितनी बार एक-दूसरे को थैंक यू बोलेंगे'—ऐसा कहते हुए शोभित पुलाव को प्लेट में सर्व करने लगा। फिर उसने उसकी फोटो क्लिक की और मम्मी को भेज दी।

अगले ही मिनट माँ का फोन भी आ गया, "शोभित! ये तूने बनाया है?"

"हाँ मम्मी!"

"हो ही नहीं सकता! मैं नहीं मान सकती! सच बता···"

"सच्ची मम्मी, मैंने ही बनाया है। इस बार जब घर आऊँगा तो आप लोगों को भी बनाकर खिलाऊँगा।"

"···मगर तूने सीखा किससे?"

"आपके अलावा और कौन सिखा सकता है मुझे? फिलहाल तो यू-ट्यूब से देख-देखकर बनाया है।"

शोभित अपनी माँ को रंजना के बारे में नहीं बता पाया। रंजना उसकी दुविधा समझ रही थी, लेकिन फिर भी उसे छेड़ते हुए बोली, "मेरा नाम यू-ट्यूब भी है? मुझे तो पता ही नहीं था।"

"शोभित ने जिस अंदाज में प्यार से भरकर उसे देखा, वह लजा गई, "तो तुम ही बताओ रंजना, मम्मी से अचानक और क्या कहता?"

"हम्म···" फिर रंजना ने बात को टालने के लिए पूछा, "आपको म्यूजिक का शौक है?"

"हाँ! मगर तुम्हें कैसे पता चला?"

"इस गिटार को देखकर, कोई गाना सुनाइए।"

"···तो फिर पहले एक अच्छी सी कॉफी पिलाइए।"

अब तक दोनों की बहुत अच्छी दोस्ती हो चुकी थी। दोनों मिलकर खाना बनाते, खाते, फिर अपने-अपने घर में अपना काम करते। अब अकसर चाय-कॉफी के समय भी एक-दूसरे को कंपनी देने कभी रंजना शोभित के पास आ जाती तो कभी शोभित रंजना के फ्लैट में चला जाता। रंजना को दो हफ्ते के लिए क्वारंटाइन रहना था, इसके बाद इंस्टीट्यूट में रिपोर्ट करना था। हालाँकि फिलहाल उसे भी घर से ही काम करने के लिए कहा गया था।

दोनों की सुबह एक-दूसरे को गुड मॉर्निंग कहने से शुरू होने लगी और रात गुड नाइट कहने के बाद। दोनों ने एक-दूसरे को अपने-अपने फ्लैट की दूसरी चाबी दे रखी थी। हमेशा की तरह आज भी रंजना ने उठते ही मोबाइल उठाया और शोभित को मैसेज किया।

'गुड मॉर्निंग पार्टनर···' थोड़ी देर जवाब का इंतजार किया, लेकिन जब नहीं आया तो घर की सफाई करने लगी और फिर फ्रेश होने चली गई। नहाकर उसने फिर एक बार मोबाइल की तरफ देखा, लेकिन शोभित ने अब भी रिप्लाई नहीं दिया था। अब रंजना ने उसे फोन लगा दिया। घंटी जाती रही, लेकिन फोन नहीं उठा। रंजना को हैरानी हुई और थोड़ी फिक्र भी··· उसने शोभित के फ्लैट की डोरबेल बजाई। जब शोभित ने दरवाजा नहीं खोला तो वह सेकंड-की ले आई और शोभित को आवाज देते हुए अंदर पहुँची। घर में

एकदम सन्नाटा था। वह समझ गई कि शोभित अब भी सो ही रहा है। उसने पास जाकर देखा तो शोभित का चेहरा लाल हो रहा था। माथा छूकर देखा तो वह बुखार से तप रहा था। वह घबरा गई। उसने जल्दी से चाय बनाई और शोभित को जगाया।

"शोभित! उठिए शोभित। आपको तो बुखार है। आपने मुझे बताया भी नहीं।"

"रात बहुत हो गई थी रंजना, इसलिए तुम्हें डिस्टर्ब करना ठीक नहीं समझा। लेकिन प्लीज, तुम अभी मुझसे दूर ही रहो। मुझे चिंता हो रही है।"

"कैसी चिंता शोभित! कोरोना?"

"हम्म…"

"अरे नहीं! आप पिछले दिनों कहीं बाहर गए नहीं हैं, कोई बाहर का आया नहीं है। आपको खाँसी भी नहीं है। साँस लेने में भी तकलीफ नहीं हो रही और खाने का टेस्ट भी आ रहा है… है न?"

"हाँ रंजना।"

"तो फिर सिंपल बुखार है। आ जाता है कभी-कभी। इसमें इतना घबराने की बात नहीं है। अच्छा! यह बताओ, आपके पास क्रोसीन है?"

"पता नहीं, रंजना। मोहन ही यह सब चीजें सँभालता था। इफ यू डोंट माइंड, प्लीज उस अलमारी में देख लो।"

रंजना ने शोभित को चाय और बिस्कुट दिया। खुद भी उसके साथ चाय पी। फिर दवाई खिलाकर बोली, "अभी मैं चलती हूँ। आप बिल्कुल टेंशन मत लीजिएगा। आप आराम कीजिए। मैं दोपहर में खुद ही आ जाऊँगी और कुछ लाइट सा बनाऊँगी, ठीक है? नींद आए तो चुपचाप सो जाना।"

शोभित ने 'हाँ' में सिर हिला दिया। दोपहर में दोनों ने खिचड़ी खाई। शोभित का बुखार पहले से कम था। रात में भी दोनों ने हल्का डिनर किया और रंजना अपने फ्लैट में आ गई। थोड़ी ही देर में शोभित का फोन आया, "रंजना मुझे फिर से तेज फीवर आ गया है।"

"कोई बात नहीं शोभित, मैं आ रही हूँ। आप डरिए मत।"

रंजना ने देखा, वाकई उसे तेज बुखार था। उसने उसके माथे पर ठंडे पानी की पट्टी रखी। फिर एक और टेबलेट दी और उसका जी बहलाने के लिए वहीं बैठकर उसके साथ बातें करने लगी। शोभित अब भी डरा हुआ था, लेकिन रंजना उसका हौसला बढ़ा रही थी।

"बुखार ठीक होने में दो-दिन तो लगते ही हैं शोभित। आप चिंता मत कीजिए।"

"तुम अभी थोड़ी देर यहीं रहो।"

"हाँ, मैं यहीं हूँ, आप सोने की कोशिश कीजिए।"

बातें करते-करते शोभित को नींद आने लगी थी। तभी बाहर तेज बारिश शुरू हो गई। रंजना खिड़की बंद करने के लिए उठने को हुई तो शोभित ने नींद में ही उसका हाथ पकड़ते हुए कहा, "प्लीज, मत जाओ अभी, थोड़ी देर और रुक जाओ।"

"अच्छा, ठीक है, नहीं जाती। ये खिड़की बंद कर दूँ?"

"नहीं! खुली रहने दो। तुम खिड़की के बहाने उठकर चली जाओगी।"

रंजना समझ गई कि शोभित तेज बुखार के आगोश में है, इसलिए यह सब बोल रहा है। अकसर बीमारी के समय लोग खुद को काफी अकेला महसूस करने लगते हैं। उस समय वे किसी का साथ, उसका अपनापन, उसकी देखभाल चाहते हैं। काफी हद तक बच्चों जैसा बरताव करने लगते हैं। रंजना चुपचाप उसके सिरहाने बैठी रही। शोभित ने उसका हाथ नहीं छोड़ा। उसकी हथेली अब भी तप रही थी। रंजना उसके चेहरे की मासूमियत को प्यार से निहारने लगी। उसने इतने करीब से और इतने गौर से पहले कभी किसी को नहीं देखा था। अचानक उसे थोड़ा अटपटा सा महसूस हुआ ...यह क्या हो रहा है मेरे साथ! ...और वह धीरे से शोभित के हाथों से अपना हाथ छुड़ाने की कोशिश करने लगी। मगर जैसे ही हाथ छूटने को हुआ, शोभित को फिर चेतना आ गई और उसने अपनी पकड़ पहले से भी सख्त कर दी। बाहर बारिश लगातार तेज होती जा रही थी। कमरे में एकदम हल्का प्रकाश था। शोभित कस के रंजना का एक हाथ पकड़े हुए था। रंजना ने अपने दूसरे हाथ

में मोबाइल उठाया और इ-बुक पढ़ने लगी।

अचानक उसके कान में आवाज पड़ी और वह चौंककर जग गई, "मैडम चाय!"

शोभित चाय के दो कप पकड़े उसके सामने खड़ा था। सुबह की रोशनी से पूरा कमरा जगमगा रहा था। उसने इधर-उधर देखा। उसे यह सोचकर शर्मिंदगी होने लगी कि वह रात भर शोभित के बेड पर सोती रही! पढ़ते-पढ़ते कब उसे नींद आ गई, उसे भी पता नहीं चला···

शोभित उसके मन की बात समझ गया।

"ज्यादा मत सोचो रंजना। गलती मेरी है। कल मैं ही तुम्हें जाने नहीं दे रहा था, लेकिन जब रात को मेरी आँख खुली तब देखा कि तुम बहुत गहरी नींद में सो रही हो। तुम्हें इतनी प्यारी नींद लेते देख जगाने की हिम्मत ही नहीं हुई। फिर मैं तुम्हें ठीक से लिटाकर खुद सोफे पर जाकर सो गया।"

रंजना कुछ नहीं बोली, बस शोभित के चेहरे की ओर देखती रही। शोभित ने मुसकराते हुए उसका गाल थपथपाया और उसे चाय का कप पकड़ाया। तभी उसका मोबाइल बज उठा। उसकी माँ का फोन था।

"शोभित! कैसा है बेटा? तेरी बहुत चिंता हो रही है।"

"मैं एकदम ठीक हूँ, मम्मी! आप चिंता मत कीजिए। आप और पापा घर में रहिएगा, बाहर मत निकलिएगा।"

"तू भी बिल्कुल बाहर मत निकलना। मुझे मालूम है कि तू घर में टिककर नहीं बैठ सकता··· अभी कुछ दिन खुद पर कंट्रोल रखना शोभू और घर में ही रहना।"

"मैं बाहर नहीं निकलूँगा, मम्मी! अब घर में ही अच्छा लगने लगा है।" ऐसा कहते हुए उसने रंजना का एक हाथ थाम लिया। रंजना के पूरे शरीर में करंट दौड़ गया।

फोन काटने के बाद उसने उसका दूसरा हाथ भी पकड़ लिया और प्यार से उसकी आँखों में झाँकते हुए बोला, "क्या हुआ रंजना, इतनी चुप-चुप क्यों हो? तुम हँसती-खिलखिलाती हुई ही अच्छी लगती हो।"

"मगर यह ठीक नहीं हुआ... मैं रातभर यहीं..."

"तो क्या हुआ? तुम यहाँ सो गईं तो कौन सी आफत आ गई? मैं तो सोफे पर ही सोया था न? मैं तुम्हारी इज्जत करता हूँ रंजना! इनफैक्ट मैं हर औरत की इज्जत करता हूँ। मैं अपनी लिमिट जानता हूँ डियर। तुम यहाँ मेरी वजह से रुकीं, तुम मेरा खयाल रख रही थीं। आई रियली रिस्पेक्ट यू, रंजना।"

"फिर उसने दो मिनट रुककर कहा, "लेकिन अब मैं अपनी लिमिट क्रॉस करना चाहता हूँ।"

रंजना कुछ नहीं बोल पाई। प्रश्न भरी नजरों से उसे देखने लगी। शोभित ने उसी तरह से उसके हाथ पकड़े हुए उसकी आँखों में देखा और कहा, "आई थिंक, आई एम इन लव विद यू, रंजना।"

"शोभित! कहीं ऐसा तो नहीं कि यह सिर्फ एक लगाव हो, या सिर्फ एक आकर्षण, क्योंकि मैं उस समय आपके जीवन में आई, जब आप अकेले थे। कुछ परेशानियों से जूझ रहे थे। हो सकता है कि यह लॉकडाउन पीरियड खत्म हो जाए तो आपकी फीलिंग्स भी बदल जाएँ।"

"नहीं रंजना, मैंने इससे पहले कभी ऐसा नहीं फील किया। तुम भी तो अपने दिल से पूछो। क्या तुम्हें भी ऐसा ही महसूस हो रहा है?"

रंजना ने अपनी नजरें झुकाते हुए 'हाँ' में सिर हिला दिया।

"तो तुमने कहा क्यों नहीं मुझे?"

"आपकी फीलिंग जाने बिना कैसे कहती..."

"मेरी प्यारी-सी देसी गर्ल... लव यू सो मच।"

"...और शोभित ने रंजना को अपनी बाँहों में भर लिया। रंजना ने धीरे से उसके कान में कहा—"लव यू टू।"

□

बेरहम कोविड और तुम्हारे प्यार का सुकून

"हॉस्पिटल के तीसरे फ्लोर पर कोविड पेशेंट्स के लिए अलग रूम बनाए गए थे। इसी फ्लोर के रूम नंबर चार के बाहर दो नर्स हैरान-परेशान खड़ी थीं।"

"सिस्टर चलिए, डॉ. रागिनी को बता देते हैं चलकर। भई, मेरे बस का तो नहीं है ये पेशेंट···"

"सही कह रही हो। जब से आया है, सबको परेशान करके रखा हुआ है। कभी खाने को लेकर नखरा तो कभी झूठ-मूठ की शिकायतें। अपना गुस्सा हम पर निकालता है यह लाट साहब··· अरे! हमने कहा था कि अपने घर से बाहर निकलो और कोरोना पॉजिटिव हो जाओ···"

"रहने दे, ऐसे मत बोल। जानबूझकर कौन कोरोना पॉजिटिव होना चाहेगा?"

दोनों नर्सें डॉ. रागिनी के केबिन में दरवाजे पर ही ठिठक गईं। फिर वहीं से एक ने कहा, "मैडम! जल्दी चलिए, फोर नंबर पेशेंट बहुत परेशान कर रहा है।"

"अब क्या किया उसने? मुझे ये सेंपल्स टेस्टिंग के लिए अभी तुरंत भेजने हैं। प्लीज, एक बार फिर से कोशिश कर लो। थोड़ा प्यार से सँभालने की कोशिश करो न··· प्लीज।"

"प्यार से ···और वो भी उसे! पता नहीं आप उसे कैसे हैंडिल कर लेती हैं! हम सब लोग ट्राई कर चुके हैं, वो तो हमें दूर से देखकर ही चिल्लाने

लग जाता है। अभी देखिए जाकर, उसने अपने दरवाजे के बाहर सारा खाना फैला दिया है।"

"उफ्फ! अच्छा ठीक है। तुम दोनों जाओ, औरों को जाकर देखो, उसे मैं देख लेती हूँ।"

रागिनी तीसरे फ्लोर की ओर चल दी। पी.पी.ई. किट के भीतर वह पसीने से तर-ब-तर हो रही थी, लेकिन अब तो उसे इसकी आदत पड़ गई थी ···या यों कहें कि आदत डालनी पड़ी थी।

रूम-4 के बाहर क्लीनिंग स्टाफ का बंदा बिखरे हुए खाने को समेट रहा था। रागिनी को यह देखकर पहले तो बहुत तेज गुस्सा आया, लेकिन फिर उसने अपने गुस्से पर कंट्रोल करने की गरज से तीस सेकंड के लिए आँख बंद करके गहरी-गहरी साँसें लीं और छोड़ीं। फिर उसने पेशेंट की खिड़की खटखटाई। कमरे के भीतर से परदा सरका और पेशेंट ने शीशे के उस पार से बाहर देखा। उसके चेहरे से भयानक गुस्सा झलक रहा था, पर जैसे ही उसकी नजर रागिनी पर पड़ी, उसका गुस्सा काफूर जो गया ···एकदम जाता रहा।

लेकिन इधर रागिनी बेहद गुस्से में थी। उसने पेशेंट को इशारा किया कि वह अपना मोबाइल उठाए। कोविड पेशेंट के कमरे में जाना संभव नहीं था, इसलिए ऐसे मरीजों से फोन पर ही बात की जाती थी। रागिनी गैलरी में खड़ी थी और पेशेंट अभिनव अपने कमरे में ···इन दोनों के बीच में थी यह काँच की खिड़की। रागिनी ने उसे फोन लगाया।

"हैलो! मिस्टर अभिनव, आपको पता है कि आप हमें कितना परेशान कर रहे हैं?"

"डॉक्टर! आपका पूरा स्टाफ मुझे परेशान करता रहता है, उसका क्या?"

"किसने परेशान किया आपको? आप एक बार इस व्यक्ति की तरफ देखिए, जो आपके फैलाए खाने को समेट रहा है। माना कि आप बहुत पैसेवाले हैं, लेकिन आपने कभी सोचा है कि हमारे देश में कितने ही लोगों को हफ्तों खाना नसीब नहीं होता!"

अभिनव ने खिड़की से उस कर्मचारी की तरफ देखा, जो कि अब भी उस जगह पोंछा लगा रहा था, जहाँ कुछ देर पहले उसने सारा खाना फैला दिया था। रागिनी की इस बात से एक बार तो उसे पश्चात्ताप हुआ, लेकिन फिर तुरंत ही उसने अपनी गलती को ढकने के लिए कहा, "आपको पता है आपका हॉस्पिटल मुझे कैसा खाना देता है? इतना बोरिंग, इतना टेस्टलेस खाना भला कौन खा सकता है!"

"मिस्टर, वह खाना सिर्फ आपको ही नहीं परोसा जाता··· बल्कि सभी कोरोना पेशेंट को वही खाना दिया जाता है। और रही बात टेस्ट की, तो प्लीज हमें को-ऑपरेट कीजिए और जल्दी ठीक होकर अपने घर जाइए, फिर खूब टेस्टी खाना खाइए। यहाँ तो आपको यही खाना खाना पड़ेगा। दिनभर में जो कुछ भी आपको खाने और पीने के लिए दिया जाता है, वह आपके ट्रीटमेंट का ही पार्ट होता है।"

फिर रागिनी ने अपनी आवाज में कोमलता और स्नेह घोलते हुए कहा, "देखो अभिनव! तुम्हें पता है न कि इस बीमारी की अब तक न तो कोई वैक्सीन है और न ही कोई मेडिसिन। प्लीज हमें को-ऑपरेट करो। देखो, हम जो भी कर रहे हैं, वो तुम्हारे भले के लिए ही कर रहे हैं।"

"हम्म···"

अभिनव ने सिर झुकाते हुए बस इतना ही कहा।

"अच्छा अभिनव! मैं तुम्हारे लिए फिर से खाना मँगवा रही हूँ। ठीक है?"

"अभिनव ने हामी में सिर हिला दिया। रागिनी ने उसका फोन काटा और नीचे मेस में फोन लगाया। पेशेंट का नाम, रूम नंबर और डिसीज के बारे में बताते हुए खाना मँगवाया। तब तक वह वहीं खड़ी रही। कमरे के भीतर से अभिनव उसे अपलक देख रहा था। बीच-बीच में वह भी उसे देख लेती और शिष्टाचारवश हौले से मुसकरा देती। पाँच मिनट में खाना आ गया। रागिनी ने अभिनव को दरवाजा खोलकर खाना लेने का इशारा किया। बॉय खाने की ट्रॉली दरवाजे के आगे करके खुद पीछे हो गया। दरवाजा आधा खुला,

अभिनव ने रागिनी की तरफ देखा और बुझे मन से खाने की प्लेट और पानी की बोतल उठा ली। उसने फिर भीतर से दरवाजा बंद कर लिया।"

रागिनी ने बाहर से ही एक बार फिर उसे फोन लगाया, "थैंक यू अभिनव, खाना खा लेना प्लीज। देखो तुम्हें जल्दी ठीक होना है न?"

"हम्म···"

"गुड। अच्छा, अब मैं जा रही हूँ। तुम्हें कुछ और चाहिए?"

"नहीं।"

"अगर कुछ चाहिए हो तो व्हाट्सएप कर देना, या फोन। ठीक है?"

अभिनव ने हामी में सिर हिला दिया। रागिनी ने फोन काटा और उसे बाय करते हुए नीचे की ओर चल दी। अभिनव खिड़की पर खड़ा तब तक उसे देखता रहा, जब तक वो दिखनी बंद नहीं हो गई। फिर उसने अपना परदा सरका लिया।

अभिनव तीन दिन पहले ही यहाँ आया था, लेकिन उसने तीन दिन में सबकी नाक में दम करके रख दिया था। कभी पानी न होने की शिकायत करता, जबकि उसके कमरे में पानी की बोतलें भरी रखी होतीं। कभी टेस्टिंग के समय सभी को परेशान कर डालता। खाने के लिए तो वह हर बार ही परेशान करता था। हॉस्पिटल ने सभी पेशेंट, स्टाफ और कोरोना पेशेंट के लिए एक व्हाट्सएप ग्रुप बनाया था, ताकि पेशेंट कुछ कहना चाहें या डॉक्टर कुछ इंस्ट्रक्शन देना चाहें तो आसानी से एक-दूसरे से कनेक्ट हो सकें, क्योंकि कोरोना पेशेंट के कमरे में जाना संभव नहीं था। इस व्हाट्सएप ग्रुप में अभिनव की शिकायतों के टैक्स्ट मैसेज और फोटो भरे ही रहते। खाने को लेकर वह हर बार शिकायत करता, उनकी ढेरों फोटो क्लिक करके डालता ···लेकिन आज तो उसने हद ही कर दी। सारा खाना दरवाजे पर फैला दिया।

खैर! रागिनी ने अपने केबिन में पहुँचकर निश्चिंतता की साँस ली और फिर सेंपल के काम में डूब गई। आजकल उसकी नाइट ड्यूटी लगी हुई थी। हालाँकि जब से वह कोरोना पेशेंट्स को देख रही थी, तब से घर गई ही नहीं थी। उसे खुद की नहीं, बल्कि अपने मम्मी-पापा की चिंता रहती। वह नहीं

चाहती थी कि उसकी वजह से उसके मम्मी-पापा को किसी भी तरह का खतरा हो।

कुछ देर रेस्ट करने के लिए वह अपनी कुरसी के आगे सरक आई और सामने रखे स्टूल पर दोनों पैर टिका लिये। उसने मोबाइल हाथ में उठाया तो देखा कि अभिनव ने उसे व्हाट्सएप के पर्सनल एकाउंट पर 'सॉरी' लिखा हुआ है। वह मुसकरा दी। सोचने लगी कि इस कोरोना की वजह से इनसान सिर्फ फिजिकली ही नहीं, बल्कि मेंटली और इमोशनली भी कितना कमजोर हो जाता है! उसे अभिनव के बारे में जानने की उत्सुकता हुई। टेबल पर रखी पेशेंट्स की फाइल्स में से अभिनव की फाइल निकालकर पढ़ने लगी।

'अच्छा! तो मिस्टर बिजनेसमैन हैं, इसलिए इतने नखरे हैं इनके। मुझसे दो साल छोटा है ये। कोई और मेडिकल हिस्ट्री नहीं है इसकी। पता नहीं इतना फिट बंदा इस कोरोना वायरस की चपेट में कैसे आ गया!'

रागिनी ने फाइल बंद करके रख दी और उसके 'सॉरी' के जवाब में एक स्माइली के साथ 'गुड नाइट' लिखकर सेंड कर दिया।

उसने जैसे ही देखा 'अभिनव राइटिंग…' तुरंत व्हाट्सएप बंद कर दिया।

उसने सोचा कि वह उसके साथ क्या चैट करेगी? वह उसका एक पेशेंट ही तो है और वो भी ऐसा पेशेंट, जिसने सबकी नाक में दम कर रखा है।

वह उसके साथ शायद कुछ ज्यादा ही कोमलता से पेश आई थी, इसलिए वह उसी की बात मानता। यही कारण था कि अब कोई भी डॉक्टर या नर्स उसके रूम के पास जाना ही नहीं चाहता था। चाहे उसका सेंपल लेना हो, दवाई देनी हो या खाना और पानी ही क्यों न देना हो, रागिनी को ही जाना पड़ता। यदि व्यस्तता की वजह से रागिनी न जा पाती तो वह अपने रूम का दरवाजा खोलता ही नहीं था। उल्टा रागिनी को व्हाट्सएप पर मैसेज करके बुलाने लगता। जब वह व्हाट्सएप का जवाब न देती तो कॉल-पर-कॉल करता रहता। आखिरकार तंग आकर रागिनी को ही जाना पड़ता था।

रागिनी ने देखा कि जब वह किसी की बात मानता ही नहीं है और आखिरकार उसे जाना ही पड़ता था तो उसने खुद ही नियम बना लिया और

उसके लिए सब सामान खुद ले जाने लगी ···वह नर्स और बॉय के साथ जाती और खुद उसकी खिड़की के पास खड़ी हो जाती। अभिनव उसे देखते ही छोटे बच्चे की तरह हर आदेश मानने लगता।

अब वह अकसर बिना काम भी उसके रूम के बाहर चक्कर काट आती थी। और आश्चर्य की बात कि वह जैसे ही वहाँ पहुँचती, अभिनव अपनी खिड़की का परदा सरका देता। एक दिन उसने देखा कि वह कुछ पढ़ रहा है।

रागिनी ने इशारे से पूछा कि क्या पढ़ रहे हो?

अभिनव ने किताब का मुखपृष्ठ आगे कर दिया—'भगवद्गीता'

उसने भीतर से ही रागिनी को फोन लगाया—"तुम्हें पता है डॉक्टर, यह इतनी अनोखी किताब है कि न सिर्फ जीना सिखाती है, बल्कि हमें बिजनेस के लिए अनोखे आइडियाज भी देती है।"

"वो कैसे?"

"हम बिजनेसमैन हमेशा अपने प्रॉफिट के बारे में ही सोचते हैं, फिर वो चाहे जैसे मिले। लेकिन यह किताब सिखाती है कि इनसान सिर्फ कर्म ही कर सकता है, फल तो किसी और शक्ति के हाथ में है। यदि हम अपने एथिक्स को न भूलें और सही ढंग से काम करते रहें तो प्रॉफिट होना तय है।"

"हाँ अभिनव··· और वैसे भी सारे प्रॉफिट पैसों के ही तो नहीं होते··· रिश्तों का मजबूत बनना, सबका प्यार मिलना, अपनापन बढ़ना, बड़ों का आशीर्वाद मिल जाना, अपने मन को सुकून होना यह सब भी तो किसी प्रॉफिट से कम नहीं···"

"यस डॉक्टर!"

"मेरा नाम रागिनी है। मुझे डॉक्टर की बजाय रागिनी भी कह सकते हो।"

"थैंक यू, रागिनी! बट फिलहाल तो तुम मेरी डॉक्टर ही हो।"

रागिनी नीचे आ गई। लेकिन वह अब भी अभिनव के बारे में ही सोच रही थी। टेबल पर उसके सामने कोरोना पेशेंट्स की रिपोर्ट रखी हुई थीं, अभी ही आई थीं। वह उठाकर देखने लगी। उसके चेहरे पर यह सोचकर प्रसन्नता

तैर गई कि कई पेशेंट अब अपने घर जा सकेंगे। उनकी रिपोर्ट नेगेटिव आई थी।

रात को फिर वह हमेशा की तरह अपने पैर स्टूल पर रखकर जरा सुस्ताने को हुई। उसने अपना मोबाइल उठा लिया।

अभिनव ने एक अँगूठी की फोटो शेयर की थी और उसके नीचे लिखा था—'यह कैसी है?'

'यह तो बहुत अच्छी है। तुम्हारी मँगेतर के लिए है?'

'यस डॉक्टर ...ओह सॉरी ...रागिनी, देखोगी मेरी मंगेतर को?"

'दिखाओ...'

'आज अपनी डी.पी. में उसकी फोटो लगाऊँगा ...थोड़ी देर बाद।'

इतना लिखकर वह ऑफलाइन हो गया।

रागिनी को अपने घर की याद सताने लगी। वह एक महीने से अपने घर नहीं जा पाई थी। उसने बहुत देर तक माँ और पापा से फोन पर बात की। उसने जैसे ही फोन काटा, निगाह अभिनव की डी.पी. पर पड़ी।

अरे! मेरी फोटो उसके साथ! ये किसने ली? और उसके पास कैसे पहुँची?

रागिनी ने तुरंत लिखा—'मेरी यह फोटो किसने ली?'

'...और कौन लेगा? मैंने ली।'

'तुमने! मगर तुमने कब ले ली?'

'जब तुम मेरा सेंपल लेने में बिजी थीं, तब मैंने यह सेल्फी ले ली। अच्छा बताओ कैसी लगी?'

'ठीक ही लगी सेल्फी।'

'अरे! मैं सेल्फी की बात नहीं कर रहा ...मेरी मँगेतर कैसी लगी?'

'क्या?'

'हाँ।'

'एक्सक्यूजमी... तुम भूल रहे हो कि मैं तुम्हारी डॉक्टर हूँ और तुम मेरे एक पेशेंट।'

'...तो क्या डॉक्टर शादी नहीं करते? ...या मैं पूरी जिंदगी पेशेंट ही रहूँगा?'

'ओह! शुभ-शुभ बोलो... ऐसे नहीं बोलते। ईश्वर न करे कि तुम फिर कभी पेशेंट बनो। लेकिन मैं तुम्हें बता दूँ कि मैं तुमसे उम्र में दो साल बड़ी हूँ।'

'यानी मैडम अपनी और मेरी उम्र भी मिला चुकी हैं?'

रागिनी सकुचा गई। उसने कोई जवाब नहीं लिखा। अभिनव का ही मैसेज आया—'मैं तो समझता था कि आजकल की पढ़ी-लिखी लड़कियाँ जात-पात, ऊँच-नीच और उम्र के बंधन नहीं मानतीं।'

'शादी पूरी जिंदगी का संबंध होता है अभिनव...'

'...तभी तो पूछ रहा हूँ रागिनी कि क्या तुम पूरी जिंदगी के लिए अपने इस जिद्दी पेशेंट की डॉक्टर बनना पसंद करोगी?'

'हम्म... मंजूर।'

अभिनव अब काफी बदल गया था। अब वह दूसरे अटेंडेंट के आ जाने पर नाराज न होता। सभी के हाथ से खाना, पानी, दवाई आदि ले लेता। लेकिन उसकी इतनी सी शर्त थी कि रागिनी को दिन में दो-तीन बार और रात में एटलिस्ट एक बार उसके रूम के बाहर खिड़की के पास आना ही होगा।

आज उसकी रिपोर्ट आ गई है। रागिनी ने देखी तो राहत की साँस ली और तुरंत उसे यह खुशखबरी सुनाने के लिए फोन लगा दिया।

अभिनव एकदम ठीक हो चुका था और आज अपने घर लौट रहा था। जाने से पहले वह रागिनी के पास आया। उसने बाहर से ही उसके केबिन का दरवाजा खटखटाया।

"कौन है? आ जाओ।"

सामने अभिनव को देख वह अपनी कुरसी से खड़ी हो गई। फिर उसके नजदीक आई और हाथ मिलाते हुए बोली, "कॉन्ग्रेचुलेशंस। तुम्हें अपने घर जाते हुए देखकर बहुत अच्छा लग रहा है। वहाँ सब तुम्हारा इंतजार कर रहे होंगे।"

"हाँ! और तुम्हारा भी..."

"क्या ?"

"मेरे घर वाले अब सिर्फ मेरा ही नहीं, बल्कि अपनी बहू का भी इंतजार कर रहे हैं।"

"क्या ! तुमने उन्हें मेरे बारे में बता भी दिया ?"

"जी हाँ, मैडम ···बिजनेसमैन हूँ ···शुभ काम में देरी नहीं करता। तो बताइए डॉक्टर रागिनी, आप कब घर लौट रही हैं ? अपने परिवार को लेकर आपका हाथ माँगने कब आऊँ ?"

"बहुत जल्दी"—कहते हुए रागिनी ने अपने दोनों हाथ उसके आगे बढ़ा दिए। अभिनव ने रागिनी का सीधा हाथ पकड़ा और ग्लव्सवाले हाथ को ही चूम लिया। फिर अपना मास्क नीचे सरकाकर आगे बढ़ा और रागिनी का माथा चूमते हुए बोला, "आई लव यू रागिनी।"

"लव यू टू, अभिनव···"

"जल्दी घर लौटना।"

"हम्म।"

□

लॉकडाउन और तुम्हारी बाँसुरी बनी मैं

"मम्मी! ये बाँसुरी कौन बजा रहा है?"

"अरे बेटा! वो पीछेवाले कमरे में दो लड़के रहने आए हैं, उन्हीं में से एक को यह शौक है। वही रात-दिन बजाता रहता है।"

"तो इसमें बुराई क्या है मम्मी, कितनी तो अच्छी बजा रहा है। अच्छा एक बात बताइए, वो पोर्शन तो आपने एक बैंकर अंकल को किराए पर दे रखा था न?"

"तेरे मेडिकल कॉलेज जाने के कुछ दिन बाद ही उनका ट्रांसफर हो गया। तभी किसी से पूछते-पाछते ये दोनों लड़के आ गए। इन्हें भी एक बेडरूम सेट की ही जरूरत थी। मुझे और तेरे पापा को दोनों लड़के बातचीत में ठीक-ठाक लगे और वैसे भी दोनों की अभी नई-नई जॉब लगी है, किसी मल्टीनेशनल कंपनी में जॉब करते हैं दोनों। फैमिलीवाला किराएदार ढूँढ़ने के चक्कर में पोर्शन खाली छोड़ देते तो नुकसान ही होता, यही सोचकर हमने इन दोनों को रख लिया। वैसे लड़के ठीक हैं, अपने काम-से-काम रखते हैं।"

"हम्म ...बाँसुरी भी बड़ी अच्छी बजाता है," मेघना ने मुसकराते हुए कहा।

"लेकिन माँ का लहजा शिकायती था, "रोज ही बजाता है। पीछे की तरफ बने चबूतरे पर बैठ जाता है और आँख बंद करके बजाता रहता है। अलार्म घड़ी है पूरा। रात को ठीक आठ बजे बजाने बैठ जाएगा।"

"हा··हा··हा·· अरे, मेरी प्यारी मम्मी! इसे रियाज करना कहते हैं। सारे आर्टिस्ट ऐसे ही होते हैं, नियम के पाबंद।"

"चल, चल, मुझे मत सिखा। तेरे पापा भी बड़ी तरफदारी करते हैं इसकी। अगर तुझे डिस्टर्ब होता है तो बताना, मैं बजाने से मना कर दूँगी। आखिरकार घर हमारा है···"

"नहीं-नहीं, मम्मी, बिल्कुल नहीं। मैं और पापा भी तो गिटार बजाते हैं। आप भी तो कितना अच्छा गाना गाती हैं और स्केच भी बनाती हैं। पता है मम्मी, वहाँ हमारे हॉस्टल में भी सभी लड़कियाँ अपना स्ट्रेस कम करने के लिए या मेंटल पीस के लिए कोई-न-कोई हॉबी फॉलो करती हैं। यह बहुत जरूरी है।"

"वैसे बात तो तेरी सही है। पूरे दिन कंप्यूटर में दिमाग खपाने के बाद मोबाइल लेकर बैठ जाने से तो यही सब करना अच्छा है।"

"हाँ मम्मी।"

"तू तो फर्स्ट सेमेस्टर से ही बढ़िया डॉक्टर बन गई मेघना।"

"हा··हा··हा···"

माँ-बेटी दोनों हँस ही रही थीं कि पापा भी आ गए—"अरे वाह! दोनों माँ-बेटी किस बात पर हँस रही हैं? ···और ये इतनी अच्छी खुशबू किस चीज की आ रही है! क्या बना है भई आज डिनर में?"

"आज मम्मी ने दम आलू बनाए हैं, पापा।

"बढ़िया है! तेरे आने से अब तरह-तरह का खाना खाने को मिलेगा···"

"क्या मतलब है आपका! मैं आपको रोज बेकार खाना···"

"अरे! अरे! मम्मी, सुनो! सुनो! पापा का वो मतलब नहीं था। वो तो आपके खाने की तारीफ ही कर रहे थे, बस मेरे आ जाने से कुछ ज्यादा ही खुश हो गए हैं न, इसलिए ऐसा बोल बैठे।"

"हाँ तो? मैं नहीं खुश हूँ क्या तेरे आने से? मैं भी तो कितनी खुश हूँ। और अच्छा ही है कि इक्कीस दिन का लॉकडाउन हो गया। इसी बहाने तू हमारे पास भी रह लेगी और हम भी तुझे लेकर निश्चिंत रहेंगे। अगर तू अपने हॉस्टल में होती तो चिंता के मारे मेरी जान ही सूखती रहती।"

मेघना ने साइड से माँ को हग कर लिया और कनखियों से पापा की तरफ देखने लगी, जो कि उसे देखकर मुसकरा उठे और गहरी राहत की साँस लेने लगे। वरना आज तो उनकी खैर नहीं थी ···मम्मी उन्हें छोड़ती नहीं।

मेघना ने पिछले साल ही नीट का एग्जाम क्लियर किया था और उसे लखनऊ मेडिकल कॉलेज में एडमिशन मिल गया। वह मेडिकल की पढ़ाई के लिए लखनऊ चली गई। एक सेमेस्टर पूरा करके कुछ दिनों के लिए घर आई ही थी कि कोरोना फैल गया और फिर लॉकडाउन··· जो जहाँ था, वहीं रह गया।

वह दिनभर मम्मी और पापा के साथ बातें करती, पुराने दोस्तों के साथ चैट करती और बीच-बीच में अपनी पढ़ाई भी करती रहती, लेकिन जैसे ही बाँसुरी की धुन उसके कानो में पहुँचती तो सारे काम छोड़कर उसकी स्वर लहरियों में बहने लग जाती। अब तो उसने इसे भी अपने रुटीन में शामिल कर लिया है। अब तो जैसे ही घड़ी में आठ बजनेवाले होते, वह अपने कमरे में चली जाती और आँख बंद करके बाँसुरी की उस धुन में खो जाती। फिर जब नौ बजते तो मम्मी खुद ही खाने के लिए बुलाने उसके रूम में आतीं। पहले तो पाँच मिनट वे उसके बालों में हाथ फेरतीं, कभी-कभी बैठ जातीं और बातें करने लगतीं। अकसर पापा भी वहीं आ जाते और फिर करीब साढ़े नौ बजे तक वे लोग खाना खाने डाइनिंग टेबल पर पहुँचते।

मेघना को इस बाँसुरी की धुन सुनते हुए एक हफ्ता हो गया था, लेकिन उसने अभी तक बजानेवाले को देखा तक नहीं था। अब उसे देखने की उत्सुकता होने लगी थी। अब वह कभी-कभी आठ बजे छत पर निकल जाती और वहाँ से इसे सुनती। रात में खुले आकाश के नीचे उसे यह संगीत लहरी सम्मोहित करने लगती।

···लेकिन पता नहीं क्यों, न तो कल रात और न ही आज रात, बाँसुरी की आवाज ही नहीं आई।

मेघना ने माँ से पूछा, "माँ, ये बाँसुरी बजनी क्यों बंद हो गई? आपने उस लड़के को कुछ बोला है क्या?"

"मैं क्यों बोलूँगी? मुझे कौन सा डिस्टर्ब हो रहा था! और वैसे भी ठीक-ठाक ही बजाता है। जब तक वह बजाता है, मेरा पूरा खाना भी बन जाता है।"

"हा···हा···हा··· अरे, मेरी प्यारी मम्मी! तारीफ तो दिल खोलकर कर दिया करो ···इतनी कंजूसी? ये कहिए कि आपको भी उसकी बाँसुरी अच्छी लगती है।"

इतने में पापा हड़बड़ाते हुए आए, "सुन मेघना! बेटे तू जरा राघव को देख ले एक बार चलकर। कल से उसकी तबीयत ठीक नहीं है। अभी उसके रूममेट नितिन ने बताया मुझे। बेचारा बड़ा परेशान हो रहा है। इस लॉकडाउन में कोई डॉक्टर भी मिलना मुश्किल है।"

"ये राघव कौन है, पापा?"

मम्मी ने कहा, "अरे वही, बाँसुरीवाला।"

"ओह! चलिए पापा।"

"मैं भी आती हूँ आप लोगों के साथ," मम्मी ने डोर लॉक करते हुए कहा। लेकिन फिर एकाएक रुकीं और मेघना से बोलीं, "मेघना सुन! सैनिटाइजर रख ले अपनी जींस की पॉकेट में ···और हाँ बेटे, मास्क और ग्लव्स भी पहन लेते हैं।"

पापा और मेघना को भी उनकी बात ठीक लगी। तीनों ने ग्लव्स और मास्क पहन लिये।

दोनों लड़कों ने घर बहुत ही सुंदर और क्लासिक स्टाइल से सजा रखा था। शायद मम्मी पहली बार आईं थीं, इसलिए थोड़ी अचंभित भी थीं और खुश भी। पापा के हाव-भाव देखकर लग रहा था कि इन तीनों की काफी बढ़िया दोस्ती हो चुकी है। पापा ने अपनी लाड़ली का परिचय ऐसे दिया जैसे वह मेडिकल स्टूडेंट नहीं, बल्कि मेडिकल एक्सपर्ट हो। मेघना पापा का यह लाड़ देख रही थी।

उसने खुद ही सच-सच बताया, "मैं अभी मेडिकल स्टूडेंट ही हूँ। लेकिन इस पेंडेमिक के समय ठीक-ठाक सी राय तो दे ही सकती हूँ।"

राघव ने अपने भीतर के डर को छुपाए बिना ही खुलकर कहा, "मैम! बेहतर हो आप मुझसे डिस्टेंस रखिएगा। जो भी पूछना हो वह दूर से ही पूछ लीजिए। वैसे तो हम दोनों फ्रेंड्स कहीं बाहर नहीं निकले हैं और न ही कोई यहाँ आया है, लेकिन फिर भी कोरोना···"

"अरे! नहीं, नहीं, ऐसे मत डरिए। हर बुखार कोरोना नहीं होता ···और मुझे मैम नहीं, मेघना कहिए। मैं आप लोगों से छोटी हूँ।"

"एक काम करिए, अपनी ब्रीथ रोकिए, देखते हैं कितनी देर रोक सकते हैं। खुशबू या बदबू महसूस हो रही है? कुछ खाने पर उसका टेस्ट आ रहा है? खाँसी तो नहीं है न? ···बस फीवर है और बॉडी पेन ···है न? ओके डरिए मत। मुझे कोरोना के सिम्टम्स नहीं लग रहे हैं। गरमी शुरू होने लगी है, इसलिए बुखार आ गया होगा।"

फिर उसने नितिन की ओर देखते हुए कहा, "एक पेपर, पेन दीजिए।"

"ये फीवर और ताकत की मेडिसिन हैं। मेन रोडवाले हॉस्पिटल के मेडिकल स्टोर में मिल जाएँगी। वह हमेशा खुला रहता है। इन्हें आज और कल दो दिन खिलाकर देख लेते हैं। मुझे पूरी उम्मीद है कि दो डोज में ही ये ठीक हो जाएँगे। फिर भी यदि बुखार कम नहीं होता, तब कुछ और सोचेंगे।"

"ओके। मैं अभी ले आता हूँ।"

"थैंक यू वेरी मच, डॉक्टर मेघना!"—राघव ने मुसकराते हुए शुक्रिया अदा किया।

"अरे! अभी नहीं, अभी मैं डॉक्टर बनने के प्रोसेस में हूँ, बनी नहीं हूँ।"

सभी हँस दिए।

"गेट वेल सून।"

"ओ यस, थैंक्स।"

राघव ने नितिन की तरफ इशारा किया। नितिन पहले तो समझा नहीं, फिर एकदम से बोला, "अंकल-आंटी, आप लोग बैठिए न प्लीज। मैं सबके लिए चाय बनाता हूँ।"

मम्मी ने मना करते हुए कहा, "नहीं बेटे, हम चलते हैं। कोई जरूरत

हो तो बिल्कुल भी संकोच मत करना। आ जाना या फोन कर देना। अभी तुम लोगों के पास राशन वगैरह है या कुछ भिजवाऊँ ?"

"अभी सब है, आंटी। कोई प्रॉब्लम हुई तो आपके पास ही आएँगे।"

मम्मी मुसकरा दीं। सभी लौट आए। दोनों का नेचर वाकई अच्छा था, लेकिन घर आकर मेघना को एक बात का पछतावा हो रहा था। उसने राघव को एक बार भी नहीं कहा कि वह बहुत अच्छी बाँसुरी बजाता है, जबकि वह जब से यहाँ आई है, रोज नियम से उसकी बाँसुरी सुनती है।

खैर! वैसे भी हर अच्छे कलाकार को अपनी कमियाँ और खूबियाँ पता होती हैं। लेकिन फिर भी तारीफ तो सभी को अच्छी लगती है। यही तो वो चीज है, जो हमारे भीतर और एनर्जी भर देती है।

सुबह-सुबह आँख खुलते ही मेघना ने अपना व्हाट्सएप खोला तो उसे किसी अननोन नंबर से आए दो मैसेज दिखे।

'गुड मॉर्निंग डॉ. मेघना।'

'आपका पेशेंट अब ठीक है। थैंक यू।'

मेघना मुसकरा दी। उसे समझते देर नहीं लगी कि ये राघव का नंबर है। जरूर इसने पापा से मेरा नंबर लिया होगा।

'वेरी गुड मॉर्निंग, लेकिन डोज पूरी लेनी है, नो लापरवाही।'

'जो आज्ञा डॉक्टर।'

मेघना दो दिन तक राघव के हालचाल पूछती रही। अब तक चैटिंग के जरिए दोनों के बीच अच्छी दोस्ती हो गई थी।

'बाँसुरी कब बजाएँगे ? एक हफ्ता हो गया है आपकी बाँसुरी सुने।'

'तुम मेरी बाँसुरी सुनती हो ?'

'मैं क्या, पूरा मोहल्ला सुनता है…'

'क्या! मैं इतनी बुरी बजाता हूँ ? तुम लोगों को डिस्टर्ब होता होगा न ?'

'शटअप! कुछ भी लिखे जा रहे हैं आप। अरे बाबा, बहुत मीठी बाँसुरी बजाते हैं आप। हम सब उसे मिस कर रहे हैं।'

'आज तुम्हारे लिए…'

उस समय शाम हो रही थी और अचानक वातावरण में बाँसुरी की धुन घुलने लगी। मेघना चौंक उठी। ड्राइंग रूम से मम्मी की आवाज सुनाई दी, "लो जी! ठीक हो गया संगीतकार।"

पापा ने हँसकर कहा, "तो अच्छी बात है न ···बेचारे अपने घर से, माँ-बाप से दूर यहाँ पड़े हैं। ज्यादा बीमार पड़ जाता तो कौन देखभाल करनेवाला था।"

"पापा की यह बात सुनकर माँ के भीतर भी ममता जाग उठी, "सुनो! तुम उन दोनों के हालचाल लेते रहना। किसी सामान की कमी हो या कोई परेशानी हो तो हम उनकी मदद कर देंगे।"

पापा को मम्मी का ऐसा कहना अच्छा लगा। आखिर इनसान ही तो इनसान के काम आता है। लेकिन इधर मेघना अपने कमरे में इन सब दुनियादारी से दूर उस मधुर धुन में खोई हुई थी। बाँसुरी बजनी कब की बंद हो चुकी थी, लेकिन वह अब भी उसे सुन रही थी।

रात में मेघना छत पर टहलने गई तो देखा कि राघव और नितिन वहाँ पहले से ही मौजूद हैं।

"हाय! कैसी तबीयत है अब?"

"क्या हुआ था मेरी तबीयत को! मैं तो एकदम ठीक हूँ।"

"बड़े चीटर निकले आप तो! अभी सब याद दिलाती हूँ। चलिए मेरी फीस निकालिए। नितिनजी! आपका ये दोस्त हमेशा ऐसे ही चीटिंग करता है?"

"हा··· हा··· हा···" नितिन हँस दिया। फिर बोला, "सचमुच मेघना, उस दिन मैं तो इसकी हालत देखकर बहुत डर गया था। समझ में ही नहीं आ रहा था कि अब क्या होगा! एक तो कोरोना, ऊपर से लॉकडाउन और इसका तेज बुखार··· थैंक्स मेघना।"

"ओह! इट्स ओके। मेरी जगह कोई भी होता तो यही करता नितिनजी।"

"कॉफी पियोगी?"

"डिनर का टाइम हो रहा है। मम्मी ने देख लिया तो डाँट पड़ जाएगी।"

"जल्दी-जल्दी पी लेना और उन्हें बताना ही मत"—राघव की इस बात पर तीनों हँस दिए।

नितिन के जाते ही दोनों के बीच चुप्पी छा गई। व्हाट्सएप पर इतनी चटर-पटर करनेवाले दोनों इस वक्त एकदम शांत खड़े इधर-उधर देख रहे थे। बीच-बीच में एक-दूसरे को देखकर मुसकरा देते, फिर नजरें चुराने लगते। आज चाँद आधा ही निकला था और उस आधे चाँद को भी एक बदली आधा ढके हुए थी। बीच-बीच में हवा का झोंका आ जाता, जो कि दोनों को छूकर निकल जाता।

अकेले में दोनों की साँसें तेज चलने लगीं। दिल जोर-जोर से धड़क रहे थे और भीतर भावनाएँ जबरदस्त उथल-पुथल मचाए हुए थीं।

तभी ट्रे में तीन कप कॉफी लिये नितिन आ पहुँचा, "अरे! तुम लोग इतने शांत क्यों हो? क्या हुआ?"

"कुछ भी तो नहीं ...तेरी कॉफी का वेट कर रहे थे।"—राघव ने यह कहा तो नितिन से लेकिन देखा मेघना की तरफ। मेघना ने नजरें झुका लीं। नितिन को दोनों की फीलिंग का अंदाजा हो गया।

रात में सोने से पहले राघव का मन हुआ कि मेघना को फोन लगाए, लेकिन फिर रुक गया। वह अपनी झिझक से बाहर ही नहीं आ पा रहा था। बिल्कुल यही हाल मेघना का भी था। वह भी राघव के साथ ढेर सारी बातें करना चाहती थी, लेकिन संकोच था कि आड़े आ जाता। इसी ऊहापोह में रात निकल गई। अगले दिन शाम को मेघना चाय लेकर छत पर पहुँच गई। उसका दिल चाह रहा था कि राघव भी ऊपर आ जाए, लेकिन संकोच अब भी हावी था। उसे एक आइडिया आया। उसने अपने मोबाइल से छत की तीन-चार अच्छी-अच्छी फोटो लीं और अपने व्हाट्सएप स्टेटस पर डाल दीं।

आइडिया काम कर गया।

थोड़ी ही देर में एक हाथ में लेमन टी का कप और दूसरे हाथ में चिप्स का पैकेट लिये राघव भी छत पर आ गया ...और आते ही चौंककर बोला, "अरे! तुम भी यहीं हो? वाओ! चाय पीने के लिए कंपनी मिल जाएगी।"

मेघना को मन-ही-मन हँसी आ गई—'कितना ड्रामेबाज है! मेरे स्टेटस देखते ही तुरंत ऊपर आ गया …और अब कैसा भोला बन रहा है, जैसे इसे पता ही नहीं था कि मैं ऊपर हूँ। लेकिन मैंने भी तो इसी को बुलाने के लिए वह स्टेटस डाला था।'

उसने नॉर्मल दिखाने के लिए पूछा, "अब आपकी तबीयत कैसी है?"

"एकदम ठीक।"

"कमजोरी?"

"बिल्कुल भी नहीं।"

फिर एक बार दोनों के बीच खामोशी छा गई। राघव ने खामोशी तोड़ी और मेघना की आँखों में झाँककर बोला—"और भी कुछ पूछिए, डॉ. साहिबा।"

मेघना लजा गई और उसने इनकार में अपना सिर हिला दिया।

"मुझे नहीं मालूम था कि डॉक्टर्स शरमाते भी हैं!"

"मुझे भी नहीं मालूम था कि इंजीनियर्स इतनी अच्छी बाँसुरी भी बजा लेते हैं!"

"मैडम! ये इंजीनियर और भी बहुत कुछ करना जानता है… " राघव ने इस बात को कहा तो नॉर्मल अंदाज में ही था, लेकिन जिस तरह से मेघना शरमाकर मुसकराई तो वह भी अपनी कही इस बात के अनेक मतलब सोचकर झेंप उठा।

दोनों एक-दूसरे की ओर देखने लगे। उनके बीच चुप्पी छाई हुई थी। जब थोड़ा झेंपते तो नजरें हटा लेते, लेकिन अगले ही पल फिर एक-दूसरे को देखने लगते।

"कुछ कहो, मेघना!"

"क्या कहूँ?"

"कुछ भी, जो तुम्हें अच्छा लगे।"

"आपकी बाँसुरी का समय हो रहा है। आठ बजनेवाले हैं।"

"मुझे 'आप' नहीं 'तुम' कहो, मेघना।"

"आप मुझसे बड़े हैं।"

"तो क्या हुआ? हम दोस्त हैं। हैं न?"

"हम्म..."

"तुम कहो तो आज बाँसुरी यहीं ले आऊँ?"

मेघना जैसे एकदम सोते से जागी, "नहीं! किसी ने देख लिया तो सीन क्रिएट हो जाएगा।"

"डरती हो?"

मेघना ने राघव की आँखों में झाँककर देखा, लेकिन उसकी इस बात का कोई उत्तर नहीं दिया। वह जैसे ही नीचे जाने को पलटी, पीछे से राघव ने कहा—"सुनो मेघना! नीचे जाकर अभी स्काइप ऑन करो।"

"क्यों?"

"करो तो..."

मेघना चाय का कप रखने रसोई में गई तो देखा कि मम्मी मलाई कोफ्ते बनाने की तैयारी कर रही हैं। उसने माँ की ओर प्यार से देखा और बोली, "माँ, मैं अपने रूम में हूँ।"

"ओके बेटा।"

उसने कमरे में आते ही अपना लैपटॉप ऑन किया। स्काइप पर आई तो देखा सामने राघव बाँसुरी लेकर उसी के इंतजार में बैठा है। वह समझ गई, उसने तुरंत अपना हैडफोन लगा लिया। राघव ने बाँसुरी बजानी शुरू की। वह आँख बंद करके बजा रहा था—'हम तेरे बिन अब रह नहीं पाते...' वह पूरी तरह से बाँसुरी की धुन में डूबा हुआ था ...डूबकर बजा रहा था और इधर मेघना भी उसकी धुन में डूबती जा रही थी। राघव की इस प्यार की धुन से पूरा वातावरण और मेघना के कमरे का हर कोना महक उठा, जबकि हैडफोन से आनेवाली मधुर धुन से उसके दिल का हर तार बज रहा था। आज उसकी बाँसुरी और दिनों के मुकाबले बहुत मीठी तान छेड़ रही थी। आज सिर्फ उसकी साँसें और उँगलियाँ ही नहीं थिरक रही थीं, बल्कि दिल भी थिरक रहा था।

तभी राघव ने अपनी आँखें खोल लीं। उसके होंठ अब भी बाँसुरी पर थे। वह एकटक मेघना को देख रहा था और बाँसुरी बजा रहा था। उधर मेघना भी अपनी स्क्रीन पर राघव को अपलक देखे जा रही थी। दोनों की टकटकी बँध गई थी…

'तुम ही हो, अब तुम ही हो, जिंदगी अब तुम ही हो…'

धुन बजती जा रही थी… दोनों एकटक एक-दूसरे को देखे जा रहे थे… सम्मोहित से…

राघव ने बाँसुरी बजाना रोक दिया और मेघना को यों ही अपलक देखते हुए अपनी हथेली कंप्यूटर की स्क्रीन पर रख दी। मेघना ने भी उसकी हथेली के ऊपर अपनी हथेली टिका दी। तभी एकाएक पापा कमरे में आ गए और मेघना अपने लैपटॉप की स्क्रीन डाउन करके खड़ी हो गई। उसका दिल जोर-जोर से धड़क रहा था। अब भी आँखों में राघव की आँखों का सम्मोहन छाया हुआ था और कानों में वही धुन बज रही थी। मेघना इस वक्त नशे की-सी हालत में थी।

"आजा बेटे, खाना खाने। मम्मी बुला रही हैं।"

"जी…" इतना ही बड़ी मुश्किल से बोल पाई वह।

मेघना रात भर सो नहीं पाई। नींद तो राघव की भी गायब हो चुकी थी। दोनों ने करवटें बदलते हुए रात काट दी।

सुबह मम्मी ने मेघना को बड़ी टेंशन में बताया कि नाना की तबीयत ठीक नहीं है। रात में उन्हें हार्ट में पेन उठा।

"मेघना बेटे! मुझे बाबूजी की बहुत चिंता हो रही है। एक ही शहर में रहते हुए भी आज उनसे मिलने के लिए कितनी मजबूर हो गई हूँ।"

"मम्मी, ऐसी बात नहीं है, बहुत ही ज्यादा इमरजेंसी के केस में सरकार ने पुलिस या अधिकारी की परमिशन लेकर निकलने की छूट दी है। लेकिन ऐसे में सिर्फ दो ही लोग जा सकते हैं।"

"हाँ बेटे।"

"…तो एक काम कीजिए, आप और पापा आज जाकर नाना को देख

आइए। उन्हें भी अच्छा लगेगा। हो सकता है लॉकडाउन में उनका दिल घबराता हो।"

"ठीक है बेटे, हम लंच के बाद ही निकल जाते हैं। रात से पहले ही लौट आएँगे।"

"हाँ मम्मी ···और आप चिंता मत कीजिए। नाना को कुछ नहीं होगा।"

शाम को मेघना छत पर टहल रही थी, तभी पीछे से राघव भी आ गया। राघव की आँखों में देखते ही मेघना पर फिर से सम्मोहन छाने लगा।

बातों का सिलसिला शुरू करने के लिए राघव ने ही पूछा, "कैसी हो?"

"अच्छी··· कल तुमने बहुत मीठी बाँसुरी बजाई।"

"मैं तो सिर्फ फूँक रहा था, बजा कहाँ रहा था ···बजवा तो कोई और ही रहा था।"

मेघना ने शरम से आँखें नीचे कर लीं, "कौन बजवा रहा था?"

"तुम्हें नहीं पता?" राघव ने मेघना के कान के पास धीरे से कहा।

वह झिझक उठी और उसने बात बदलते हुए कहा, "गाना बहुत अच्छा था।"

"तुमने सिर्फ शब्दों को ही समझा! तुमने उसके भीतर की फीलिंग्स को नहीं महसूस किया? मेघना, संगीत तो आत्मा की आवाज है।"

"···तो फिर से सुना दो न··· "

"अभी? यहीं?"

"हाँ।"

राघव नीचे से अपनी बाँसुरी उठा लाया। उसके होंठ उसे फूँकने लगे और दोनों उँगलियाँ थिरक उठीं। मेघना उन स्वर लहरियों में घुलती चली गई। आज राघव ने अपनी आँखें बंद नहीं कीं। वह टकटकी लगाकर मेघना को देख रहा था और तल्लीन होकर बाँसुरी बजा रहा था। होंठों से संगीत बह रहा था और आँखों से प्यार···

मेघना भी उसकी आँखों में डूबने लगी··· और गहरे··· और गहरे··· दोनों की आँखों में खुमारी चढ़ने लगी थी। तभी राघव ने एक ऐसी तान ली कि

एक ही हाथ की उँगलियों से बाँसुरी के छेदों को साधने लगा। उसने अपने दूसरे हाथ की उँगलियाँ सामने बैठी मेघना की उँगलियों में फँसा दीं। उँगलियाँ उँगलियों से गुँथ गईं। मेघना आगे सरककर राघव के एकदम नजदीक आ गई। राघव बाँसुरी बजाते-बजाते ही अपना चेहरा मेघना के चेहरे के एकदम नजदीक ले आया। उसके होंठों की फूँक मेघना के होंठों तक पहुँच रही थी। उसका रोम-रोम राघव के प्यार की खुशबू से महक उठा, मेघना की दोनों आँखें मिंचने लगी थीं। तभी राघव ने अपने होंठ मेघना के होंठों पर रख दिए··· दोनों के होंठ एक-दूसरे को छूकर थरथरा रहे थे और उनके बीच में थी बाँसुरी···

□

लॉकडाउन में मिली खुशियों की सौगात

"मयंक बेड पर बैठा हुआ अपनी बीवी स्नेहा को प्यार से निहार रहा था और स्नेहा यह जानते हुए कि मयंक उसी को देख रहा है, अनजान बनी ड्रेसिंग टेबल के सामने खड़ी होकर अपने गीले बाल पोंछती रही।"

स्नेहा मन-ही-मन सोचने लगी—'जब से लॉकडाउन हुआ है, तब से मयंक कुछ ज्यादा ही रोमांटिक हो गया है। सुबह-शाम, दिन-रात बस एक ही रट… ऐसे अच्छा लगता है क्या! घरवाले क्या सोचते होंगे?'

स्नेहा सोच ही रही थी कि पीछे से मयंक ने उसे बाँहों में भर लिया। वह चौंक उठी!

"क्या कर रहे हो! छोड़ो मुझे, पूजा करनी है मयंक।"

"ऊँहूँ… छोड़ने के लिए शादी की थी तुमसे?" वह उसे अपनी बाँहों में और कसने लगा।

"अच्छा नहीं लगता मयंक, …सुबह-सुबह! बाहर सब क्या सोचते होंगे? अभी माँ और भाभी भी किचन से आवाज लगाने लगेंगी।"

"लगाने दो आवाज। मुझे कुछ नहीं पता। तुम मेरी बीवी हो। तुम्हें नहीं पकड़ूँगा तो और किसे पकड़ूँगा?"

मयंक जैसे नशे में था। वह स्नेहा के बालों को प्यार से सहलाए जा रहा था।

"अच्छा बाबा ठीक है, एक काम करो, जब तक तुम ब्रश करके आओ, मैं जल्दी से पूजा कर आती हूँ और तुम्हारे लिए चाय भी बना लाती हूँ। चाय

के बहाने से आऊँगी। दोबारा आने के लिए कोई बहाना भी तो बनाना पड़ेगा न?"

"ठीक है जाओ, लेकिन चाय लेकर जल्दी आ जाना ...और हाँ! इस बार बाहर सब सेट करके आना, क्योंकि फिर मैं तुम्हें आधे घंटे से पहले रूम से बाहर जाने नहीं दूँगा। ये न हो कि इधर तुम आईं और उधर से तुम्हें पुकारा जाने लगे..."

मयंक की शरारती मुसकान से स्नेहा लजा उठी ...लेकिन फिर उसे बाथरूम में ठेलती हुई बोली, "अच्छा ठीक है। तो फिर अब नहा-धोकर ही आना, वरना छूना भी मत मुझे।"

स्नेहा खिलखिलाती हुई कमरे से बाहर निकलने लगी, लेकिन फिर एकाएक दरवाजे के पास रुकी और बाहर निकलते-निकलते थोड़ा संयत हो गई, क्योंकि कई दिन से सभी उसके व्यवहार को नोटिस कर रहे थे और वह भी नोट कर रही थी कि माँ और भाभी अकसर कुछ खुसुर-फुसुर कर रही होतीं, लेकिन जैसे ही उसे आते हुए देखतीं तो मुसकराने लगतीं और अपनी बातें बदल देतीं।

कल तो भाभी ने टोका भी था, "क्या बात है, स्नेहा! आजकल तुम बड़ी सुस्त सी रहने लगी हो! नींद पूरी नहीं होती क्या? लगता है हमारे देवरजी तुम्हें सोने नहीं देते..."

"नहीं तो भाभी! ऐसी तो कोई बात नहीं है... वो क्या है न, लॉकडाउन है तो किसी काम के लिए कोई आफत तो है नहीं, पूरा दिन होता है ...और धीरे-धीरे भी करें तो भी सारे काम हो ही जाते हैं।"

"हाँ, ये तो है। थोड़े आलसी तो वैसे हम सभी हो गए हैं। मुझे भी लगता है कि बच्चों को स्कूल तो जाना नहीं है, ऑनलाइन ही पढ़ना है। पंकज को भी दफ्तर का काम घर से ही करना है। प्रीति और रोहन के तो कॉलेज बंद ही हैं। हाँ! बस माँ और बाबूजी के लिए हर काम समय पर होना चाहिए, क्योंकि उन्हें तो दवाइयाँ लेनी होती हैं न..."

स्नेहा समझ गई थी कि भाभी उसे घुमा-फिराकर यही कहना चाह रही

हैं कि वह भी माँ और बाबूजी की जिम्मेदारी ले। उस दिन उसने भाभी से पलटकर कुछ नहीं कहा था। बस धीरे से मुसकराई भर थी और आलू छीलती रही थी।

स्नेहा के इस भरे-पूरे संयुक्त परिवार में थे माँ-बाबूजी, एक जेठ-जिठानी, उनके दो प्यारे-प्यारे बच्चे, एक बड़ा देवर रोहन और उससे दो साल छोटी ननद प्रीति। और हाँ! एक सोलह साल की सहायिका कनिका भी थी, जो कि इतने सालों में अब इसी परिवार का हिस्सा बन चुकी थी। उसका इस दुनिया में कोई नहीं था, इसलिए रहती भी यहीं। अब यही उसका परिवार था। वह घर के कामकाज में खूब हाथ बँटाती और दोपहरवाले स्कूल में पढ़ने भी जाती। लेकिन आजकल लॉकडाउन की वजह से वह भी ऑनलाइन वीडियो देखकर ही पढ़ रही थी। बाबूजी ने उसके भीतर पढ़ने की ललक देखी तो अपना पुराना मोबाइल दे दिया। उस दिन तो वह मारे खुशी के पूरे घर में नाच-नाचकर सबको अपना मोबाइल दिखाती रही थी।

इसी साल जनवरी में स्नेहा और मयंक की शादी को सात साल पूरे हुए। दोनों एक-दूसरे से बेहद प्यार करते थे और एक-दूसरे का खूब खयाल भी रखते थे। वे हर तरह से बहुत खुश थे, लेकिन एक ही कमी थी, जो उनके साथ-साथ पूरे घर को अखरती ···और वो थी स्नेहा की सूनी गोद।

दोनों ने सभी तरह के टेस्ट करवा लिये, पूजा-पाठ करके भी देख लिया, व्रत-उपवास भी रख लिये, लेकिन यह कमी पूरी नहीं हुई तो नहीं ही हुई। मयंक और स्नेहा ने तो अब परेशान होना भी बंद कर दिया था। दोनों ने सोच लिया था कि एक बच्चा गोद ले लेंगे और उसी को अपना नाम देंगे। घर में खुशियाँ भी आ जाएँगी और उस बच्चे का जीवन भी सँवर जाएगा। दोनों ने अपनी यह इच्छा घरवालों को भी बता दी थी। सभी नए विचारों के थे, इसलिए किसी को इसमें आपत्ति नहीं थी, लेकिन स्नेहा की मम्मी थी कि अब भी आशा सँजोए बैठी थीं। उन्हें यकीन था कि स्नेहा की गोद जरूर भरेगी। वे हमेशा उसे हौसला देती रहतीं, कोई-न-कोई जड़ी-बूटी, दवाई, उपाय बताती ही रहतीं।

खैर!

स्नेहा मयंक को बाथरूम में ठेलकर आई थी। वह जानती थी कि अगर वह जल्दी नहीं पहुँची तो मयंक उसे आवाजें लगा-लगाकर पूरा घर सिर पर उठा लेगा। जल्दी से आँगन में जाकर उसने अपने हाथ-पैर धोए और सीधे पूजाघर में चली गई। पूजा करके जब किचन में पहुँची तो देखा कि भाभी नाश्ते की तैयारी कर रही हैं।

"स्नेहा, आज आलू के पराठे बना लें? सभी को पसंद भी हैं।"

"हाँ, ठीक रहेंगे, भाभी! मैं मयंक को चाय दे आती हूँ, फिर आपका हाथ बँटा दूँगी आकर।"

"ठीक है, स्नेहा। तुम चाय बना लो और आलुओं को भी उबलने रख देना। उन्हें छीलकर मसाला मैं बना दूँगी।"

"पास ही खड़ी कनिका से उन्होंने कहा, "कनिका सुन! झाड़ू-पोंछा करने से पहले पराठों का आटा गूँथ देना ···और हाँ, उससे पहले अपने हाथ खूब अच्छी तरह साबुन से धो लेना बेटे।"

"हाँ बड़ी भाभी, हमेशा तो धोती हूँ, लेकिन फिर भी आप हर बार यही बात बोलती हैं।" उसने रूठनेवाले अंदाज में कहा।

"अरे, बुरा मत मान, ऐसे ही बोल देती हूँ ···आदत पड़ गई है। तेरी जगह प्रीति दीदी होती हैं, तब भी मैं यही बोलती हूँ न? बता! बोलती हूँ कि नहीं?"

कनिका ने मुसकराते हुए 'हाँ' में अपना सिर हिला दिया। स्नेहा जल्दी-जल्दी चाय बनाने लगी। आलू भी चढ़ा दिए और अपने कमरे में आ गई।

मयंक उसी के इंतजार में बैठा था। स्नेहा को बहुत अच्छी तरह से मालूम था कि इस समय मयंक क्या चाहता है ···उसकी क्या हालत हो रही है, लेकिन फिर भी उसे परेशान करने के लिए बोली, "अरे वाह! आप नहा भी लिये? जाइए, जल्दी से पूजा कर आइए। आज आलू के पराठे बन रहे हैं।"

मयंक ने उसे ऐसे घूरा जैसे आँखों से ही निगल जाएगा, "मैं आलू के पराठों के लिए नहाया हूँ?"

"हाय! हाय! तो किसके लिए नहाए हो? ऑफिस तुम्हें जाना नहीं है,

पराठों में इंट्रेस्टेड हो नहीं, पूजा तुमसे होती नहीं··· तो फिर क्यों नहा-धोकर बैठ गए सुबह-सुबह!"

स्नेहा अपनी शरारत से बाज नहीं आ रही थी और उधर मयंक के लिए खुद को रोकना मुश्किल हो रहा था।

"अच्छा, अब ऐसे घूरो मत मुझे, ये चाय पी लो।"

मयंक ने उसके हाथ से चाय का कप लेकर साइड टेबल पर रख दिया, फिर उसे अपनी ओर तेजी से खींचकर बेड पर लिटाते हुए बोला—"मैं तुम्हारे कहने पर ही सुबह-सुबह नहाया हूँ और अब तो तुम्हें ही खाऊँगा भी और पीयूँगा भी···

और दोनों एक-दूसरे में खो गए···

पंद्रह-बीस मिनट बीते होंगे कि स्नेहा को कुछ जलने की महक आई और अगले ही पल भाभी के चिल्लाने की—"स्नेहा! कनिका! इधर आओ।"

स्नेहा हड़बड़ाकर उठी और अपने कपड़े सँवारने लगी, लेकिन मयंक ने फिर उसका हाथ पकड़ लिया और अपने करीब खींचने लगा। उसके ऊपर खुमारी छाई हुई थी, "प्लीज एक बार और···"

"प्लीज मयंक, मुझे जाने दो। लगता है सारे आलू जल गए···"

वही हुआ था। कनिका अपना काम पूरा करके नहाने चली गई थी और स्नेहा आलू गैस पर चढ़ाकर मयंक के पास··· और अब भाभी सारे जले आलू परात में फैलाकर खड़ी दोनों को घूर रही थीं।

स्नेहा ने भाभी की नजरों से नजरें हटाते हुए कनिका से कहा, "क्यों री कनिका! तूने गैस क्यों नहीं बंद की?"

"अरे···! छोटी भाभी, ये तो आपका काम था न?"

"चुप, चुप, दोनों चुप हो जाओ ···ज्यादा नाटक मत करो मेरे सामने।" भाभी ने हल्का सा गुस्सा दिखाते हुए कहा।

लेकिन दोनों की डरी-सहमी शक्ल देखकर उन्हें मन-ही-मन हँसी आ रही थी। आलू जलने की महक पूरे घर में फैल चुकी थी, इसलिए अब तक सभी लोग 'क्या जला, क्या जला' करते हुए वहाँ आ पहुँचे।

स्नेहा ने कनखियों से घूरकर मयंक की ओर देखा, जैसे कह रही हो 'यह सब तुम्हारी वजह से हुआ है।'

मयंक ने स्थिति को सँभालने के लिए हौले से भाभी के कंधे पर हाथ रखते हुए कहा, "अरे छोड़ो न मेरी प्यारी भाभी! आलू ही तो जले हैं। क्यों इन तुच्छ आलुओं के लिए अपना दिल जला रही हो?"

"बेट्टा! अब इन्हीं जले हुए 'तुच्छ आलुओं' के पराठे तुम दोनों को खिलाऊँगी।"

बीच में प्रीति बोल पड़ी, "नहीं बड़ी भाभी, तीनों को कहिए ···इस कनिका की बच्ची को भी।"

भाभी ने अब मोर्चा प्रीति की तरफ कर दिया, "प्रीति! तुम तो ज्यादा बोलना भी मत। कुछ काम-धाम नहीं कराती हो साथ में··· माँ, आप देख रही हैं न?"

माँ सबकी बातें सुनकर इतनी उलझ गईं कि किसे क्या कहें, समझ ही नहीं पा रही थीं। दरअसल उन्हें गुस्सा नहीं, बल्कि हँसी आ रही थी, लेकिन इस वक्त उन्हें हँसना ठीक नहीं लगा, सो उन्होंने अपने रौबीले अंदाज में कहा, "आज तो तमाशा, ही हो गया सुबह-सुबह···"

"सारिका! तुम शांत हो जाओ। अब आलू जल गए तो जल गए। आज अचार से खा लेंगे पराठे।"

"स्नेहा! आगे से ध्यान रखना और चलो जाओ रसोई में, नाश्ते की तैयारी करो।"

"प्रीति! आज तुम दोनों भाभियों के साथ पूरा काम करवाओगी।"

फिर वे मयंक और रोहन की तरफ देखकर बोलीं, "और तुम दोनों क्या टुकुर-टुकुर देख रहे हो? चलो जाओ, जल्दी से नहा-धोकर, पूजा करके, खाने की मेज पर आओ।"

"सारिका! पंकज और बच्चे क्यों नहीं जागे अब तक? जाओ, उन्हें उठाओ।"

माँ का यह रूप देखकर सब सहम गए। कनिका बेचारी खुद ही खाने

की टेबल सेट करने में जुट गई, इसलिए माँ ने उससे कुछ नहीं कहा। फिर वे पति की तरफ देखकर बोलीं, "आइए जी, चलिए। बाबा रामदेवजी का शो अभी खत्म नहीं हुआ होगा। लॉकडाउन में पूरे घर को चिड़ियाघर बना दिया है इन लोगों ने··· मुआ ये कोरोना अगर मेरे सामने आ जाए तो कचूमर बनाकर रख दूँ उसका। ये सब आफत उसी की वजह से है···"

माँ बड़बड़ाती हुई कमरे में जा रही थीं। बाबूजी उन्हें शांत कर रहे थे, "अच्छा, अब और गुस्सा मत करो। शांत हो जाओ। देखो सब डर गए हैं। बाबा रामदेव भी गुस्सा करने से मना करते हैं न?"

अब तक वे दोनों अपने कमरे में पहुँच चुके थे। माँ बैठते हुए बोलीं, "अरे! गुस्सा कौन कर रहा था? मैं तो बस सिचुएशन ठीक कर रही थी। घर में सबसे बड़ी होने के नाते कभी-कभी ऊँचा भी बोलना पड़ता है। समझा करिए आप···"

दो दिन ठीक-ठाक गुजरे, लेकिन आज फिर गड़बड़ हो गई। मयंक के चक्कर में स्नेहा भूल गई कि वह गैस पर दूध चढ़ाकर आई है। और जब याद आया तो खुद को उसकी बाँहों से छुड़ाकर भागी और किचन में पहुँची तो देखती क्या है कि सारा दूध उफनकर फर्श पर नागिन डांस कर रहा है। यहाँ तक ही हुआ होता तो भी गनीमत थी। अगले ही पल माँ और भाभी दोनों वहाँ आ पहुँचीं। स्नेहा को रुलाई आने लगी।

भाभी ने देखते ही कहा, "तुम करती क्या हो यार! आज तुमने दूध ही उफान दिया···"

"भाभी, वो भूल गई थी ···बस दो मिनट के लिए कमरे में गई तो मयंक ने बातों में लगा लिया।"

"यार, तुम लोग कमरे में बात करते ही क्यों हो? वहाँ बैठकर किया ही मत करो ···अब से तुम दोनों यहीं बातें किया करो, डाइनिंग टेबल पर।"

अब तक मयंक भी अपना नाम सुनकर आ पहुँचा। बेचारा गुनहगार की तरह आकर खड़ा हो गया और कभी स्नेहा की तरफ तो कभी भाभी की तरफ तो कभी माँ की तरफ देखता। माँ तजुर्बेदार थीं, बीस लोगों के बीच भी दो

लोगों की आँखों की बतकही को ताड़ जाती थीं।

उन्होंने बड़ी बहू को शांत किया और समझाया, "छोड़ दे सारिका! ज्यादा गुस्सा मत कर। कोई बात नहीं। अब यही दोनों सफाई करेंगे इसकी। तू आ जा मेरे साथ।"

"माँ, लॉकडाउन है। आसानी से कोई सामान भी तो नहीं मिलता ···देखना आज शाम को किसी को चाय नहीं मिलेगी।"

"ठीक है! बस! अब शांत हो जा। आज नीबू की चाय पी लेंगे"—ऐसा बोलते हुए वे उसे अपने कमरे में ले गईं।

रोहन यह सब देखकर हँसने लगा। मयंक और स्नेहा उदास होकर कभी एक-दूसरे को देखते तो कभी बिखरे हुए दूध को। तभी रोहन ने मयंक को वाइपर पकड़ाते हुए शरारत से भरकर कहा, "भैया-भाभी! अब से आप दोनों लोग सारी बातें यहीं किया करिए, इसी टेबल पर ···कमरे में नहीं।"

मयंक ने उसे मारने के लिए झूठ-मूठ में वाइपर दिखाया और स्नेहा ने मुँह चिढ़ाते हुए कहा, "वेरी फन्नी ···बेट्टा, तेरी बारी आने दे तब बताऊँगी। तू शादी तो कर पहले···"

ऐसे ही हँसते-खेलते, लड़ते-झगड़ते इन लोगों का लॉकडाउन बीत रहा था। कुछ दिन और बीते कि एक दिन अचानक स्नेहा को चक्कर आ गया। वो तो अच्छा हो कि रोहन और प्रीति ने उसे गश खाकर गिरते हुए देख लिया और दौड़कर सँभाल लिया।

"भाभी! भाभी! आँखें खोलो भाभी, क्या हुआ? आप ठीक तो हैं न?" प्रीति परेशान हो उठी। वह उसके दोनों गालों को हल्के-हल्के थपथपाते हुए लगातार यही बोले जा रही थी।

रोहन दौड़कर ग्लूकोज बना लाया और गिलास स्नेहा के होठों से लगाते हुए बोला, "भाभी, जल्दी से ग्लूकोज का पानी पियो।"

आवाज सुनकर सभी वहाँ इकट्ठे हो गए। स्नेहा से पूरा पानी नहीं पिया गया। जबकि रोहन पूरा पीने की जिद मचाए था। जबरदस्ती पीने के चक्कर में स्नेहा को उबकाई आने लगी। सारिका ने उसके हाथ से पानी का गिलास

ले लिया और साइड में रखते हुए बोली, "कोई बात नहीं स्नेहा, मन नहीं है तो मत पीयो।"

फिर वह मयंक से बोली, "मयंक! स्नेहा को कमरे में ले जाओ। आज इसे आराम करने देना।"

"जो अंदाजा सारिका लगा रही थी, माँ भी बिल्कुल वही सोच रही थीं। दोनों ने एक-दूसरे की ओर देखा और धीरे से मुसकरा दीं।"

सबने उन दोनों को मुसकराते हुए देख लिया था। रोहन से नहीं रहा गया और वह बोल ही पड़ा, "कमाल हो यार आप दोनों! इधर भाभी को चक्कर आ रहे हैं और आप दोनों मुसकरा रहे हो।"

इतना बोलकर वह बड़बड़ाता हुआ वहाँ से चला गया।

माँ ने प्रीति से कहा, "बेटा! तुम जाकर स्नेहा भाभी के पास बैठो और मयंक भैया को यहाँ हमारे पास भेजो।"

फिर वे बड़ी बहू से बोलीं, "सारिका! तुम मयंक से बात करो, मैं स्नेहा के लिए बादाम का दूध बना देती हूँ।"

"माँ! बादाम बहुत ज्यादा मत डालिएगा, गरमी करते हैं।"

"अब तू मुझे सिखाएगी···"

तब तक मयंक आ पहुँचा। बेचारा बुरी तरह से डरा हुआ था।

भाभी ने उससे कहा, "मयंक भैया! केमिस्ट शॉप से प्रेगनेंसी टेस्ट स्ट्रिप ले आओ प्लीज।"

मयंक ने उदासी भरे चेहरे पर हैरानी लाते हुए पूछा, "क्या भाभी आप फिर से···?"

"ऐ चुप! पागल··· मैं नहीं स्नेहा। हालाँकि अभी हम श्योर नहीं हैं, लेकिन मुझे और माँ को उसकी आज की हालत देखकर शक हो रहा है। काश! कान्हा जी हमारा यह शक यकीन में बदल दें।"

"···और एक बात सुनो मयंक! अभी जब तक कन्फर्म नहीं हो जाता, तब तक तुन स्नेहा को परेशान मत करना, एक-दो दिन खुद पर कंट्रोल रखना। हमें स्नेहा का बहुत ध्यान रखना होगा, समझे?"

मयंक ने आज्ञाकारी बच्चे की तरह अपना सिर हिला दिया। सारिका उसे देखकर प्यार से मुसकरा दी।

सचमुच कान्हाजी ने माँ और सारिका के शक को यकीन में बदल दिया था।

दिन बीतते जा रहे हैं। मोदीजी ने चौथे लेवल के लॉकडाउन की घोषणा कर दी है। अब मयंक और स्नेहा दिनभर सिर्फ बातें ही करते रहते हैं। डॉक्टर ने स्नेहा को बेड रेस्ट के लिए बोला है। प्रीति काम में बड़ी भाभी की खूब मदद करने लगी है। अब तो बड़ी भाभी स्नेहा को बिस्तर से भी नहीं उठने देतीं। उस दिन राहुल थोड़ी देर बाद ही माँ और भाभी के मुसकरानेवाली बात का मतलब समझ गया था। पंकज और दोनों बच्चे नए मेहमान के स्वागत के लिए योजनाएँ बना रहे हैं। बाबूजी और माँ ने तो लॉकडाउन खुलते ही न जाने कहाँ-कहाँ जाकर दान-दक्षिणा करने की मनौतियाँ मान डाली हैं ···और कनिका ने भी वचन ले लिया है कि वह भी हर जगह उनके साथ जाएगी। उधर स्नेहा के मम्मी-पापा खुशी से फूले नहीं समा रहे। लॉकडाउन की वजह से मजबूर हैं, आ नहीं सकते, इसलिए रोज नियम से वीडियो चैट करते हैं।

दिनभर पूरे परिवार का कोई-न-कोई सदस्य स्नेहा के पास आता रहता है और उसके बेबी बंप को प्यार करके चला जाता है।

इस वक्त रात के करीब बारह बज रहे हैं। स्नेहा के कमरे में सिर्फ नाइट लैंप का मद्धम सा प्रकाश फैला हुआ है। मयंक सो चुका है। स्नेहा की आँख भी अभी ही लगी है। अचानक उसने महसूस किया कि भाभी बड़े प्यार से उसका पेट सहला रही हैं। जैसे ही वे पलटकर जाने को हुईं कि स्नेहा ने उनकी कलाई थाम ली, "भाभी आप सोई नहीं अब तक?"

"बस, जा ही रही थी। अभी-अभी किचन समेटा है।"

"आप पर एकदम से पूरे घर का काम आ गया है न? सॉरी भाभी, मैं भी आपकी कोई मदद नहीं करा पाती, उल्टा आपका काम और बढ़ा दिया है···"

"चुप! अब और कुछ मत बोलना। हम इस दिन का इंतजार कर-करके थक चुके थे। स्नेहा, हमारे घर में फिर किलकारी गूँजेगी।"

"हाँ भाभी!" उसने प्यार से भाभी का हाथ सहला दिया।

भाभी ने उसे पुचकारते हुए कहा, "फिर मैं पूरे दिन अपने कान्हा को लेकर बैठी रहा करूँगी और तू अकेले सारे काम करना।"

"पक्का भाभी। आप ही अपने कान्हा को सँभालना!" दोनों भावुक होकर एक-दूसरे के गले लग गईं।

मयंक अधखुली आँखों से दोनों का प्रेम देखता रहा और सोने का बहाना करता रहा।

□

कोरोनाकाल में मिले अठारह-बीस बरस के बुड्ढे-बुढ़िया

"दादाजी! आप यहाँ बालकनी में बैठे हैं और मैं आपको पूरे घर में ढूँढ़ आया…"

"अंदर मन नहीं लग रहा था, इसलिए यहाँ आकर बैठ गया बेटे। आ जा, तू भी बैठ। तेरे ऑफिस का काम हो गया?"

"हाँ, आज ज्यादा काम नहीं था। आप कॉफी पीएँगे?"

"हाँ! लेकिन मेरे लिए आधा कप ही बनाना, अब इस उम्र में इससे ज्यादा सूट नहीं करती।"

"अरे, अभी आपकी उम्र ही क्या है? अभी तो आप अस्सी बरस के जवान हैं। कैसी बात कर दी आपने भी…"

"हा हा हा… तू ऐसे ही बोल-बोलकर मुझे बहलाता रहता है, और सच बताऊँ तो मैं भी तेरी बातें सुनकर खुद को एकदम फिट और यंग महसूस करने लगता हूँ।"

रोहित अपने और दादाजी के लिए कॉफी लेकर वहीं बालकनी में आ गया। कॉफी की चुस्कियाँ लेते हुए उसने देखा कि आज भी कामिनी आंटी सामनेवाले पार्क में बेंच पर बैठी हुई हैं। वे कुछ सोच रही हैं। उसे उनकी चिंता होने लगी।

"दादाजी, आप ही कामिनी आंटी को समझाइए न… कोरोना बहुत तेजी से फैल रहा है, इसलिए तो सरकार को लॉकडाउन भी लगाना पड़ा। आंटी अब

भी हमेशा की तरह रोज पार्क में आकर बैठती हैं। इनकी उम्र भी अस्सी के आस-पास ही होगी!"

"बेटा, क्या करें वे भी! पति के जाने के बाद से इस दुनिया में एकदम अकेली पड़ गई हैं। यदि कोई बच्चा भी होता तो शायद उसी का आसरा बना रहता। घंटे-दो-घंटे के लिए खुली हवा में साँस लेने के लिए आकर बैठ जाती होंगी…"

"लेकिन मुझे उनकी चिंता होती है। कुछ हो गया तो कौन सँभालेगा उन्हें?"

"हम्म… अच्छा सुन रोहित, तूने पंडितजी से बात कर ली बेटा? कल अमावस्या है और हमें पितृ पूजन करना है।"

"ओहो! मैं फिर भूल गया फोन करना। इससे पहले कि मैं दोबारा भूलूँ, पंडितजी से अभी बात कर लेता हूँ। आप करेंगे उनसे बात?"

"नहीं, तू ही कर ले। मैं सुन तो रहा हूँ…"

"हेलो, पंडितजी नमस्कार। मैं आशियाना सोसाइटी से रोहित बोल रहा हूँ।"

"जी…जी… वही रोहित… शुक्रिया आपने मुझे पहचान लिया। जी, दादाजी एकदम स्वस्थ हैं। आपको नमस्ते कह रहे हैं। पंडितजी, दरअसल कल मेरे माँ-पिताजी और दादी का पितृपूजन है। क्या आप घर आ जाएँगे या मैं ही आपके लिए भोजन और वस्त्र लेकर मंदिर आ जाऊँ? जैसी आप आज्ञा दें…"

"जी, ठीक है। हम दोपहर में आपका इंतजार करेंगे। जय श्री कृष्ण!"

"दादाजी! पंडितजी कल दोपहर में आने की कह रहे हैं। मैं सुबह उठकर थोड़ा-सा हलवा और सब्जी-पूरी बना दूँगा।"

"ठीक है, बेटा। लेकिन तूने उन्हें वस्त्रों के दान की बात क्यों बोल दी? इस बार वस्त्रों का इंतजाम कैसे हो पाएगा?"

"यह तो सोचा ही नहीं।" हमेशा की तरह मेरे मुँह से निकल गया। "दादाजी! एक काम करते हैं, हम उन्हें ज्यादा दक्षिणा दे देंगे और कह देंगे

कि वे अपने लिए वस्त्र स्वयं खरीद लें।"

"हाँ, यह ठीक रहेगा।"

रोहित फिर एक बार बेंच पर बैठी कामिनीजी की तरफ देखने लगा।

"रोहित, तू शादी कर ले बेटा। तू अच्छा कमा रहा है। अपना घर है। अब और किस बात का इंतजार है तुझे? बहू आ जाएगी तो इस घर में भी रौनक हो जाएगी। मैं जीते-जी तेरा बसा हुआ घर देख लूँगा तो तसल्ली से मर भी सकूँगा।"

"दादाजी, आप ये मरने-वरने की बातें मत किया करिए। कितनी बार मना कर चुका हूँ आपको।"

"तो क्या गलत बोल रहा हूँ? अस्सी का हो गया हूँ, तू बहू ले आए तो मैं भी उससे अपनी सेवा करवा लूँ।"

"आप मुझे ऐसे ब्लैकमेल मत करिए। मैं आपको पहले भी कह चुका हूँ कि मुझे बस दो साल और दे दीजिए···"

"तू हमेशा ऐसे ही दो साल-दो साल बोलकर टाल देता है··· अब कहाँ चल दिया?"

"एक काम याद आ गया···"

"शादी की बात करो तो जनाब को काम याद आ जाते हैं···"

रोहित उठकर भीतर चला गया।

शर्माजी सोचने लगे, 'आज इसके माँ-बाप जिंदा होते तो वे ही इसके कान पकड़कर समझाते। अब मैं इस उम्र में क्या कहूँ इससे। रमा, तुम भी मेरा साथ छोड़कर चली गईं। कितनी हौंस थी तुम्हें अपनी पुतबहू देखने की···'

अपनी दिवंगत पत्नी और बेटे-बहू को याद करके उनकी आँखें नम हो आईं।

फिर वे पार्क में बैठी कामिनीजी की तरफ देखकर सोचने लगे, 'अकेलापन कितना मुश्किल होता है। मैं इस उम्र में अकेला हूँ, लेकिन फिर भी मेरे पास रोहित का सहारा है, कामिनीजी तो इस भरी दुनिया में नितांत अकेली हैं। अकेलापन चाहे जिस उम्र में हो, हमेशा काटने को दौड़ता है।

कामिनीजी की तरफ देखते हुए उन्हें पिछले साल की घटना याद हो आई।

सुबह-सुबह पूरी सोसाइटी में कोहराम मच गया था। पता चला कि आधी रात में राज साहब को साइलेंट अटैक आया और वे नहीं रहे। राज साहब यानी कामिनीजी के पति और भूतपूर्व आई.ए.एस. ऑफिसर। सोसाइटी में उनका बहुत सम्मान था। वे जितने ऊँचे पद पर थे, उतने ही विनम्र भी। उस दिन उनके फ्लैट के सामने पूरी सोसाइटी के लोग जमा हो गए। दोनों पति-पत्नी अकेले ही रहते थे, बच्चा कोई था नहीं। वह दोनों पति-पत्नी ही एक-दूसरे का सहारा थे। उस दिन सबने पहली बार कामिनीजी को रोते हुए देखा था, वरना हमेशा मुसकराती हुई ही नजर आतीं। पति की देह के पास रो-रोकर बेहाल हुई जाती थीं। उन्हें दिलासा देकर सब अपने-अपने घर लौट गए। कुछ दिन सब उनका हालचाल पूछते रहे, जी बहलाते रहे, खयाल रखते रहे ···लेकिन फिर अपनी-अपनी जिंदगियों में व्यस्त हो गए। दुनिया कहाँ ठहरती है ? वो तो चलती ही रहती है ···नहीं, दौड़ती रहती है··· बेतहाशा, बिना एक पल भी थमे···

जानेवाले चले जाते हैं, लेकिन रुकनेवालों को तो जीना ही पड़ता है। शर्माजी भी तो अपनी पत्नी के देहांत के बाद कुछ दिन तक सदमे में रहे, लेकिन फिर रोहित की खातिर दोबारा हँसने लगे। रोहित भी एक्सीडेंट से मृत अपने माता-पिता की देहों को देखकर कितने दिन तक विचलित रहा, लेकिन फिर उदास मन से ही सही, अपनी पढ़ाई में डूब गया। इसी तरह से कामिनीजी ने भी खुद को पति के जाने के दुःख से उबारने के लिए सुबह योगासन करना, दिन में मंदिर जाना, शाम को पार्क में आकर बैठना, सोसाइटी के बच्चों के साथ बातें करना आदि सब शुरू कर दिया। वे बच्चों को कहानियाँ सुनातीं। बच्चे भी उन्हें घेरे रहते और 'दादीजी-दादीजी' पुकारते।

···लेकिन इस कोरोना ने कितनों की जिंदगी में फिर से सूनापन भर दिया है। सब अपने-अपने घरों में कैद होकर रह गए हैं।

शर्माजी से नहीं रहा गया और वे एकाएक उठकर कहीं जाने लगे।

"दादू, कहाँ जा रहे हैं ? मुझे रोकते रहते हैं, और खुद ही चल दिए!"

"सोसाइटी के बाहर नहीं जा रहा बेटा। यहीं पार्क में कुछ देर टहलकर वापस आ जाऊँगा।"

"अच्छा, ठीक है जाइए, लेकिन किसी के ज्यादा पास मत खड़े होइएगा और हाँ! ये मास्क पहनिए और जेब में सैनिटाइजर भी रखिए।"

शर्माजी लिफ्ट से नीचे उतर पार्क की ओर बढ़ गए और कामिनीजी के सामने जाकर खड़े हो गए।

"कैसी हैं, कामिनीजी?"

"अरे शर्माजी, आप! आइए-आइए, बैठिए। मैं एकदम ठीक हूँ। आप कैसे हैं?"

"देखिए! देखकर बताइए कैसा लग रहा हूँ?"

"हमेशा की तरह फिट, बिल्कुल चुस्त-दुरुस्त।"

फिर दोनों खिलखिलाकर हँस दिए। हँसते ही दोनों के मुँह के नकली दाँत चमक उठे।

"आप यहाँ अकेली क्यों बैठी हैं?"

"आप हैं तो··· हा हा हा।"

"मैं तो अभी आया हूँ··· बालकनी से देख रहा था कि आप काफी देर से अकेली बैठी हैं, इसलिए कंपनी देने चला आया।"

"जी··· क्या करूँ शर्माजी, घर में बैठे-बैठे जी ऊब जाता है। पहले यहाँ कितनी रौनक रहती थी, लेकिन अब तो ये पार्क, ये झूले, पूल, सब सूने पड़े हैं। सभी को हँसता-खेलता देखकर कितना अच्छा लगता था। समय कैसे निकल जाता था, पता ही नहीं चलता था, लेकिन न जाने यह कोरोना वायरस कहाँ से आ गया! अब तो समय काटे नहीं कटता है।"

"क्या कर सकते हैं, कामिनीजी, यह सब इनसान की 'और पाने' की लालसा का परिणाम है। इनसान कभी संतुष्ट ही नहीं होता। और चाहिए, और चाहिए, इसी लोभ में उलझा रहता है। वह यह समझ ही नहीं पाता कि इस लोभ और लालच की वजह से अपनी ही बरबादी को निमंत्रण दे रहा है।"

"सही कह रहे हैं आप। ईश्वर से यही प्रार्थना है कि वे मनुष्य को सद्बुद्धि दें।"

"कौन से ईश्वर की बात कर रही हैं आप? यदि वह होता तो क्या इस धरती का यह हाल होने देता। सब मन को बहलाने की बातें हैं, कोई ईश्वर नहीं है।"

कामिनीजी समझ गईं कि इस विषय को तुरंत बदल देना ही उचित है। कुछ विषय होते ही ऐसे हैं, जो लोगों के रिश्तों में कड़वाहट पैदा कर देते हैं। उन्होंने जल्दी से विषय बदलते हुए पूछा, "रोहित कैसा है? वह आजकल घर से ही ऑफिस के काम कर रहा होगा न?"

"बहुत तेज हैं आप! कितनी जल्दी विषय बदल दिया···" फिर वे हँसते हुए आगे बोले, "रोहित एकदम ठीक है। बेचारे के ऊपर काफी जिम्मेदारियाँ आ गई हैं। लॉकडाउन की वजह से मेड और कुक दोनों ही अपने गाँव चली गई हैं, इसलिए इस समय सारा काम उसे ही करना पड़ रहा है, घर का भी और ऑफिस का भी···"

"आप मदद नहीं कराते?"

शर्माजी अकड़कर बोले, "कराता हूँ न! सब्जी धोकर काट देता हूँ। धीरे-धीरे डस्टिंग कर देता हूँ। बैठे-बैठे कपड़े फोल्ड कर देता हूँ।"

"अब उसे शादी कर लेनी चाहिए। औरत के बिना घर में रौनक नहीं होती···"

"सिर्फ औरत ही क्यों! घर का एक सदस्य भी कम हो तो घर में रौनक नहीं होती कामिनीजी।"

शर्माजी की यह बात सुनकर वे फिर उदास हो उठीं। दूर कहीं शून्य में खो गईं।

"सॉरी। मैंने आपको हर्ट कर दिया न? मुझे यह नहीं बोलना चाहिए था। पता नहीं क्यों बार-बार पुरानी बातें याद आ जाती हैं··· हालाँकि यह भी जानता हूँ कि अब उन बातों को सोचने का कोई फायदा नहीं है।"

"सॉरी मत बोलिए। ये पुरानी बातें ही तो हमारी यादें हैं, इन्हें हम भुला

ही नहीं सकते। इन्हीं के सहारे जिंदगी के बचे हुए दिन जीना आसान हो जाता है…"

फिर एकाएक उन्होंने मुसकराते हुए कहा, "अच्छा चलिए फिर एक बार टॉपिक बदलते हैं शर्माजी। इस उम्र में उदास रहना अच्छा नहीं होता।"

"इस उम्र में… क्या मतलब है आपका? मैं तो अच्छा-खासा, हट्टा-कट्टा हूँ। आप बूढ़ी हो गई हों तो और बात है। वैसे क्या उम्र है आपकी? मैं तो पिछले महीने ही बीस साल का हुआ हूँ।"

"हा…हा…हा… फिर तो मैं भी अभी अठारह की ही हूँ।"

रोहित ने बालकनी से देखा कि दोनों हँस रहे हैं। उसे अच्छा लगा। ठीक ही तो है, इनसान जब तक जिंदा है, तब तक जिंदा नजर भी तो आए… आखिर एक ही तो जिंदगी मिली है, रो-रोकर भी क्या हासिल होना है!

"आजकल आप अपना समय कैसे काटते हैं?"

"मैं सुबह उठकर प्राणायाम और योगासन करता हूँ। फिर रोहित की मदद और शाम को थोड़ा गीत-संगीत सुन लेता हूँ। और आप?"

"मैं भी कुछ-कुछ यही सब… सुबह योगासन करती हूँ, फिर नहाने के बाद पूजा-पाठ। खुद के लिए ही कुछ पकाती हूँ, फिर खुद ही अकेले खा लेती हूँ। शाम को यहाँ आकर बैठ जाती हूँ। बस ऐसे ही दिन निकल जाता है।"

"तो कल सुबह यहीं आइए। घर के अंदर क्यों? यहाँ करते हैं योगासन।"

"सेफ रहेगा?"

"बिल्कुल सेफ रहेगा, कामिनीजी। न तो हम सोसाइटी से बाहर जा रहे हैं और न ही किसी बाहरी व्यक्ति से मिल रहे हैं। यहाँ भी सोशल डिस्टेंसिंग का पालन करते हुए योगासन करेंगे। आप इधर कीजिएगा, मैं उधर कर लूँगा। मैं भी तो देखूँ कि अठारह साल की उम्र में आप कितने आसन कर लेती हैं।"

"हा…हा…हा …चलिए फिर कल मिलते हैं।"

दोनों अगले दिन सुबह-सुबह अपनी-अपनी दरियाँ लेकर पार्क में आ पहुँचे। रोहित ने दादाजी को जाते हुए देखा, मगर टोका नहीं। अब दोनों हर

रोज सुबह पार्क में आकर योगासन करते और शाम को साथ में टहलते, बातें करते। लेकिन मास्क जरूर लगाकर आते और दूरी भी बनाकर रखते।

शर्माजी ने टहलते हुए पूछा, "कामिनीजी, आप सोशल साइट्स इस्तेमाल करती हैं?"

"आपका मतलब है फेसबुक, व्हाट्सएप वगैरह?"

"जी…जी, वही…"

"शायद राज साहब ने मेरा फेसबुक एकाउंट बनाया तो था… मगर मुझे नहीं याद कि मैंने उसे इस्तेमाल किया हो… हाँ, व्हाट्सएप इस्तेमाल करती हूँ। भाई के बच्चों ने सिखा दिया। वे उसी पर मुझसे बातें करते हैं। कभी-कभी धार्मिक वीडियो भी भेजते रहते हैं। आजकल के बच्चे तो बहुत स्मार्ट हैं।"

"अरे! तो हम कौन सा कम हैं? अभी आपका फेसबुक एकाउंट खोज लेते हैं। आपको अपना इ-मेल और पासवर्ड याद है?"

"जी।"

शर्माजी ने इ-मेल और मोबाइल नंबर के सहारे कामिनीजी का फेसबुक एकाउंट खोज निकाला और उनसे नया पासवर्ड सेट करने के लिए कहा।

"अब आप फेसबुक पर अपनी तसवीरें डाल सकती हैं। अपने रिश्तेदारों से जुड़ सकती हैं। नए-नए दोस्त बना सकती हैं।"

"अब इस उम्र में क्या फोटो डालूँगी अपनी!"

"अठारह साल की उम्र कोई ज्यादा होती है? लेकिन आप अपनी न डालना चाहें तो नेचर की डालें, इन फूलों की, बादलों की डालें। अच्छा चलिए, अभी शुरुआत करते हैं। आप खुद अपनी पसंद की तसवीरें खींचिए।"

इस तरह उन्होंने अनेक फोटो खींचीं और अपलोड कर दीं। आश्चर्य! पाँच मिनट में ही कुछ रिश्तेदारों और मित्रों ने लाइक और कमेंट करने भी शुरू कर दिए। कामिनीजी को उसी में व्यस्त देखकर शर्माजी को अच्छा लगा, लेकिन फिर भी वे मजाक करते हुए बोले, "लीजिए जी! क्या जमाना आ गया है! हम ही ने सिखाया और हम ही को अकेला छोड़ दिया गया…"

"ओह! सॉरी, सॉरी। मैं तो इसी में खो गई। आप मेरे सामने बैठे हैं और

मैं फेसबुक में व्यस्त हो गई। मुझे ऐसा नहीं करना चाहिए था।"

"कोई बात नहीं। यह चीज ही ऐसी है।"

रात को शर्माजी ने कामिनीजी को व्हाट्सएप पर मैसेज किया—'कामिनी जी! सो गईं आप?'

'नहीं शर्माजी।'

'आपने कभी वीडियो कॉल की है?'

'ऊँहूँ··· किसके साथ करूँगी?'

'अच्छा तो चलिए, आज आप मेरे साथ करिए।'

'कैसे?'

'जहाँ वीडियो कैमरे का आइकन दिख रहा है, उसे क्लिक कीजिए।'

'अरे वाह! आप तो साक्षात् दिख रहे हैं इसमें।'

'जी हाँ! एकदम बीस साल का, है न?'

'जी ···हा हा हा'

इस लॉकडाउन में सभी अपने मन को बहलाने और इस संकट के समय को काटने के लिए कुछ-न-कुछ कर रहे थे। इन दोनों ने भी अपने अकेलेपन को काटने के लिए एक-दूसरे से दोस्ती कर ली। अकसर कामिनीजी कोई स्वादिष्ट चीज बनातीं और शर्माजी खाने पहुँच जाते। जाते-जाते वे रोहित के लिए भी जबरदस्ती दे देतीं। शर्माजी उन्हें तरह-तरह के मैसेज और चुटकुले भेजते रहते। इसी तरह से दिन बीतते जा रहे थे और दोनों की इस दोस्ती में भावनात्मक जुड़ाव बढ़ता गया।"

"कामिनीजी, लॉकडाउन खत्म होने के बाद हम दोनों कहीं घूमने चलते हैं।"

"कहाँ?"

"गोवा चलें?"

"अब इस उम्र में गोवा जाएँगे? आप भी शर्माजी···"

"तो हरिद्वार चलते हैं ···या ऋषिकेश।"

"हम सँभाल लेंगे खुद को? लोग देखेंगे तो कहेंगे कि 'देखो! बुड्ढे-

बुढ़िया इस उम्र में घूमने निकले हैं···'"

"क्यों, अठारह-बीस साल के बुड्ढे-बुढ़िया घूमते नहीं? घूमना हमें है, इससे लोगों को क्या? एक काम करेंगे कामिनीजी! उन्हें देखने देंगे, हम किसी को देखेंगे ही नहीं।"

"हाँ, ये ठीक रहेगा···" फिर वे हँसते हुए बोलीं, "वैसे आप कल्पनाएँ बड़ी अच्छी कर लेते हैं शर्माजी।"

"अजी, आप इसे कल्पना समझ रही हैं? ···तो फिर ऋषिकेश और हरिद्वार क्यों? सीधे मंगल ग्रह पर ही चलते हैं घूमने। मैं काफी समय से वहाँ प्लॉट लेकर डालने की सोच रहा था। हाथ-के-हाथ ये काम भी कर लेंगे चलकर।"

"हा···हा···हा··· आपके साथ तो हँस-हँसकर मेरा पेट ही दुःख जाता है।"

"यही तो मैं चाहता हूँ···"

अगले दिन सुबह कामिनीजी योगासन करने नहीं पहुँचीं। शर्माजी ने कुछ देर उनकी राह देखी, फिर घर लौट आए। सोचा कि फोन करके पूछ लूँगा न आने का कारण। दिन में उन्होंने फोन किया तो कामिनीजी ने बताया कि सुबह देर तक सोती रही, इसलिए नहीं आ सकी। लेकिन जब वे शाम को भी टहलने नहीं आईं तो शर्माजी को शक हुआ और वे उनके घर पहुँच गए। उन्हें दरवाजे पर खड़ा देख कामिनीजी को बताना ही पड़ा कि उनकी तबीयत ठीक नहीं है। कहीं कोरोना ही न हो गया हो, इसलिए उनसे दूरी रखना चाहती हैं।

शर्माजी ने रोहित को कामिनीजी की तबीयत के बारे में बताया। रोहित ने तुरंत उनका सेंपल टेस्ट कराने के लिए अस्पताल फोन लगाया। अगले दिन सुबह ही डॉक्टर ने उनका सेंपल लिया और देर शाम तक रिपोर्ट आ गई, "नेगेटिव।"

"कामिनीजी, आपको कोरोना तो नहीं है यह तो निश्चित हो गया। फिर आपका बुखार क्यों नहीं उतर रहा?"

रोहित और शर्माजी सुबह ही कामिनीजी के घर आ गए थे और उनके सिरहाने बैठे हुए थे।

"आप दोनों मेरे लिए कितने परेशान हो रहे हैं! रोज आप दोनों को मेरे घर दौड़ना पड़ रहा है। बेटा, तुम परेशान मत हो, मैं ठीक हो जाऊँगी। दादाजी का ध्यान रखो। शर्माजी! आप घर जाकर आराम कीजिए। आपको देखकर ही लग रहा है कि आप कुछ दिनों से ठीक से सोए भी नहीं हैं।"

"आंटीजी, मेरा एक सुझाव है। मैं सोच रहा था कि जब तक आप ठीक नहीं हो जातीं, तब तक हमारे साथ ही चलकर रहें। वहाँ मैं आपका ज्यादा अच्छी तरह से ध्यान रख पाऊँगा। दादाजी से बातें करेंगी तो आप दोनों का समय भी अच्छा कट जाएगा।"

"नहीं बेटा, मैं यहाँ ठीक हूँ। तुम यहाँ भी तो मेरा कितना खयाल रख रहे हो। मैं वहाँ आ गई तो तुम्हारा काम बहुत बढ़ जाएगा।"

"दादाजी, अब आप ही समझाइए।"

"कामिनीजी! रोहित ठीक ही तो कह रहा है। और वैसे भी हम आपको एक-दो दिन के लिए आने के लिए ही कह रहे हैं, कौन सा हमेशा के लिए कह रहे हैं!"

थोड़ी ना-नुकुर के बाद वे साथ चलने को राजी हो गईं। वे दादाजी के बेडरूम में सोने लगीं और दादाजी ड्राइंग रूम में दीवान पर। रोहित उन्हें समय से दवाइयाँ देता। दादाजी उनके साथ दिनभर बातें करते रहते। हाँ! रात में भी दो-एक बार धीरे से जाकर दूर से ही उन्हें देखकर तसल्ली कर आते। तीसरे दिन उनकी तबीयत में काफी सुधार नजर आने लगा था। आज उन्हें बुखार भी नहीं आया और उन्होंने खाना भी मन से खाया। वे बार-बार रोहित को आशीर्वाद दे रही थीं।

"रोहित! अगर तू मुझे यहाँ न लाता तो मैं वहीं अकेली पड़ी होती। कब मर जाती, किसी को पता भी न चलता।"

"अरे! मेरी तो कोई वैल्यू ही नहीं है? आपने सारा आशीर्वाद रोहित को ही दे दिया··· मैं जो इतने दिन से आपका जी बहला रहा हूँ, उसका क्या?"

"हा हा हा··· आपको भी आशीर्वाद दे देती हूँ। बताइए आपको क्या चाहिए?"

"आप बस हमेशा ऐसे ही मुसकराती रहा करिए।"

आधी रात का समय था। हर ओर सन्नाटा पसरा हुआ था। शर्माजी रोज की तरह कामिनीजी को देखने कमरे में पहुँचे तो उन्हें उनके कराहने की आवाज सुनाई दी। वे उनके नजदीक पहुँचे तो देखा कि कामिनीजी अपने सीने को बाईं तरफ जोर से भींचे हुए हैं और कराह रही हैं। रोहित को आवाज लगाते हुए उसे बुलाने के लिए वे मुड़े ही थे कि कामिनीजी ने उनका हाथ थाम लिया और बोलीं, "शर्मा जी, उसे मत जगाइए। आप यहीं बैठिए मेरे पास। अब मैं बस कुछ पल की ही मेहमान हूँ। आपके साथ दो पल और बिता लेना चाहती हूँ।"

"ऐसा मत कहिए। आपको कुछ नहीं होगा। अभी तो हमें हरिद्वार जाना है, ऋषिकेश भी··· और मंगल पर अपने प्लॉट के प्लान को भूल गईं आप?"

वे बड़ी मुश्किल से मुसकरा पाईं, "अब ये सब अगले जन्म में ही कर पाऊँगी, जब अठारह साल की होऊँगी।"

इतना बोलने में ही वे बुरी तरह से कराह उठीं।

"अच्छा अब आप कुछ मत बोलिए। थोड़ी देर शांत होकर अपने ईश्वर को याद कीजिए।"

"ये आप कह रहे हैं?"

"जी, मैं कह रहा हूँ।" उन्होंने दूसरे हाथ से कामिनीजी के सिर को सहलाना शुरू कर दिया और निरंतर बोलते जा रहे थे—"हरे कृष्ण··· हरे कृष्ण···"

कामिनीजी भी दर्द में कृष्ण-कृष्ण बुदबुदाती जा रही थीं और शर्माजी की कलाई को और जोर से भींचती जा रही थीं। एकाएक उनकी पकड़ ढीली पड़ गई···

"इधर शर्माजी के पूरे शरीर में एक झनझनाहट-सी शुरू हो गई। उनकी आँखों के सामने अँधेरा छाने लगा। वे अब भी हरे कृष्ण-हरे कृष्ण का जाप किए जा रहे थे। जैसे-तैसे लड़खड़ाते हुए दीवान तक पहुँचे ही थे कि एक ओर लुड़क गए।

सुबह काफी देर तक तो रोहित यही सोचता रहा कि आज ये दोनों इतनी देर तक क्यों सो रहे हैं! उसने दादाजी को कई आवाजें दीं, लेकिन कोई जवाब नहीं मिला। वह दवाई लेकर कामिनीजी के रूम में गया और जैसे ही उन्हें जगाने के लिए अपना हाथ बढ़ाया तो उनकी देह के सर्द एहसास से काँप उठा।

वह उलटे पैर दीवान की ओर दौड़ पड़ा। वही सर्द एहसास दादाजी के जिस्म में भी उतर चुका था···

□

लॉकडाउन में रूठे-रूठे हम-तुम

"टिंग··· टॉन्ग···"

"अब कौन आ गया! आ रहा हूँ, आ रहा हूँ, घंटी पर हाथ रख के भूल ही गया क्या···"

रजत बड़बड़ाते हुए उठा और दरवाजा खोलने चल दिया।

"दरवाजे पर रमोला गुस्से में खड़ी थी।"

रजत ने उसे देखते ही बुरी-सी शक्ल बनाते हुए पूछा, "लौटकर आ गईं महारानीजी! अक्ल आ गई आपको?"

"कौन सी अक्ल! मेरी अक्ल कब गायब थी? तुम अपनी अक्ल को खोजो जाकर··· मेरी छोड़ो, अपनी अक्ल की फिक्र करो।"

"मैडम! आप मुझे यही बताने आई हैं यहाँ?"

"जी नहीं, मुझे कोई शौक नहीं है आपको कुछ बताने का··· मैं अपना सामान लेने आई हूँ, समझे!"

"ओहो! उस दिन तो देवीजी इतने तैश में घर से निकली थीं यह बोलकर कि 'अब कभी इस घर में कदम भी नहीं रखूँगी', और आज सामान लेने आ गईं।"

"एक्सक्यूज मी··· पहली बात तो ये कि मैं खुद नहीं निकली थी, तुम्हीं ने मुझे घर छोड़कर जाने के लिए मजबूर किया था। बार-बार एक ही रट लगा रहे थे कि चली जाओ, चली जाओ··· और दूसरी बात यह कि मैं यहाँ 'अपना' सामान लेने आई हूँ 'अपना' ···समझे?"

"ओह! तो मैडम को अपना सामान याद आ गया।"

"क्यों! क्यों न याद आए! अपने पैसों से खरीदा है। नौकरी करती हूँ तो लिया भी है। अच्छा अब हटो मेरे रास्ते से, मेरा समय खराब मत करो, मुझे वापस भी जाना है।"

उसने रजत को एक तरफ ठेलते हुए कहा। अगले ही पल वह घर में दाखिल हुई और सीधे बेडरूम में पहुँच गई। उसने अलमारी से अपने कपड़े निकाल-निकालकर एक चादर में रखने शुरू कर दिए।

पीछे से रजत बड़बड़ाता रहा, "सबकुछ तो खराब कर दिया, अब समय खराब न करने की बात कर रही है। चार साल की शादी बरबाद हो गई···"

"अपना सारा सामान एक ही बार में ले जाना। बाद में ऐसा न हो कि इसी बहाने से फिर आ जाओ।"

"अब तुम्हारे पास आने के लिए मुझे बहाना चाहिए? तुम्हारी तो मैं शक्ल भी न देखूँ, पास आना तो दूर की बात है···"

"तो तू कौन सी कहीं की अप्सरा है··· हैं?"

"ये तुम्हारे हाथ में क्या है?"

"रिमोट है। ये भी ले जाएगी क्या?"

"न, न, ये तो तुम ही रखो। तुम्हारा मोबाइल, तुम्हारा पब्जी, तुम्हारे लफंडर दोस्त और यह टी.वी., सब तुम्हें मुबारक। अब मैं नहीं रहूँगी यहाँ, अब जी भर के इन्हीं सबके साथ अपना समय बिताना। अब एक काम करो, इस रिमोट का इस्तेमाल करो, मुझपर ध्यान देने की बजाय अपना यह टी.वी. ही देख लो।"

"सच्ची! तुझसे तो अच्छा यही है। कम-से-कम दिमाग पकाने लगे तो चैनल तो बदल सकते हैं। और-तो-और, म्यूट भी कर सकते हैं ···लेकिन तुम! तुम तो एक बार गलती से ऑन हो जाओ तो ···पटर-पटर··· म्यूट होने का नाम ही नहीं लेती हो।"

रमोला ने पलटकर बोलने के लिए मुँह खोला ही था कि फिर पता नहीं क्या सोचकर बंद कर लिया। बड़ाबड़ाते हुए बस इतना ही बोली, "कौन लगे

इसके मुँह··· छोड़ो! जल्दी तलाक मिल ही जाना है। जान छूटेगी इस बंदे से···" और वह अपनी साड़ियाँ, सलवार-सूट, जींस, ज्यूलरी सब एक ही चादर में डालकर पोटली सी बनाने लगी।

"भाइयो और बहनो! ध्यान से सुनिए··· आज रात बारह बजे से···"

रजत सिर्फ अपना ध्यान भटकाने के लिए टी.वी. खोलकर बैठा था, देख तो रहा नहीं था। एक के बाद एक चैनल टक-टक-टक बदलता जा रहा था। अभी वह न्यूज चैनल पर गया ही था कि मोदीजी की स्पीच सुनाई दे गई। आदतन उसने अब भी चैनल बदल दिया। रमोला दौड़कर आई और बोली, "बैक करो! बैक करो! मोदीजी कुछ बोल रहे हैं?"

"वो तो बोलते ही रहते हैं···"

"अरे! तुम, उफ्फ··· रिमोट से बैक करोगे या मैं डायरेक्ट टी.वी. से ही चैनल चेंज कर दूँ?"

"आज रात बारह बजे से··· ध्यान से सुनिए··· आज रात बारह बजे से संपूर्ण लॉकडाउन घोषित किया जाता है। मेरी आप सभी से प्रार्थना है कि आप देश में जहाँ कहीं भी हैं, वहीं रहें। अभी के हालात को देखते हुए देश में यह लॉकडाउन इक्कीस दिन का होगा। बाहर निकलना क्या होता है, यह इक्कीस दिनों के लिए भूल जाएँ। अपने घर में ही रहें। भारत के हर नागरिक को बचाने के लिए घरों से बाहर निकलने पर पूरी पाबंदी लगाई जा रही है।"

"ओह नो!"

"ओह शिट्!"

"ये मोदीजी हर काम अचानक क्यों करते हैं!"

"···और वो भी आज रात बारह बजे से ···अब बताओ! कोई भागना भी चाहे तो न भाग सके। हम कोरोना वायरस से बचे रहें, इसलिए वे बाहर निकलने के लिए मना कर रहे हैं, लेकिन इसकी क्या गारंटी है कि हम घर के वायरस से भी बचे रहेंगे!"

"क्या कहा तुमने? घर का वायरस ···हाँ, वैसे सही ही कहा तुमने। तुम कौन सा किसी खतरनाक वायरस से कम हो।"

"रजत बुरी तरह से चिढ़ गया। बोलने के लिए मुँह खोला, लेकिन फिर चुप ही रह गया। उधर रमोला झुँझला उठी।"

"अब मैं वापस कैसे जाऊँगी? फँस गई इस बेहूदे इनसान के साथ··· मोदीजी, ये आपने ठीक नहीं किया।"

रमोला रुआँसी होकर बेडरूम में चली गई और रजत भी टेंशन में आ गया—'अब ये यहीं रहेगी! नॉर्मल दिनों में ही चैन न लेने देती थी ···लॉकडाउन में तो जीना ही हराम करके रख देगी।'

रात के बारह बज रहे थे, दोनों अब भी वैसे-के-वैसे बैठे हुए थे अविचल··· चिंता में डूबे हुए··· रमोला बेड पर बैठी कभी अपने सामान की पोटली देखती, तो कभी अपनी कार की चाबी। उधर रजत भी ड्राइंग रूम में सोफे पर बैठा कभी टी.वी. की तरफ देखता तो कभी रिमोट की तरफ। टी.वी. अब भी चल रहा था, मगर म्यूट था। उसमें सभी लोग कठपुतली जैसे लग रहे थे। हँस रहे हैं, रो रहे हैं, दौड़-भाग रहे हैं, लेकिन कोई आवाज नहीं··· नि:शब्द, नीरव···

रजत ने टी.वी. बंद कर दिया और सोफे पर ही सो गया। रमोला ने भी अपनी पोटली पर सिर टिकाया और न जाने कब सोचते-सोचते वह भी नींद के आगोश में चली गई।

सुबह काफी दिन चढ़ आया था, लेकिन अब भी दोनों सो रहे थे। एकाएक रमोला की आँख खुली। मोबाइल हाथ में उठाया तो देखा कि बैटरी फाइव परसेंट ही बची है।

'ओह शिट्! अब क्या होगा। मैं तो अपना चार्जर लाई ही नहीं! अब बिना मोबाइल के क्या करूँगी? अपनी फैमिली, फ्रेंड्स, फेसबुक, इन्स्टा, व्हाट्सएप इन सबके बिना लॉकडाउन के ये इक्कीस दिन कैसे काटूँगी? इस आदमी की शक्ल देख-देखकर तो मैं वैसे ही पागल हो रही हूँ··· मम्मीईईईई!!!!!!!'

'फोन बंद होने से पहले भाभी को बता तो दूँ कि मैं यहीं फँस गई हूँ। बेचारी ने कल मेरा इंतजार किया होगा। फोन बंद हो गया तो और चिंता करेगी।'

"हैलो! भाभी, मैं तो यहीं फँस गई हूँ।"

"तो क्या हुआ रमोला। शान से रह, वह तेरा भी तो घर है। जब तक तलाक नहीं हो जाता, वो जितना उसका है, उतना ही तेरा भी। समझी?"

"हाँ भाभी। लेकिन मुझे उसकी शक्ल भी..."

"चिल यार, चिल... अब इतना तो बरदाश्त करना ही पड़ेगा। लॉकडाउन में कर भी क्या सकते हैं!"

"भाभी, मेरे मोबाइल की बैटरी डाउन हो रही है। किसी भी समय बंद हो जाएगा। बस यही बताने के लिए फोन किया था कि आप लोग मेरी चिंता मत करना। माँ-पापा को भी बता देना।"

"हाँ, ठीक है ...और सुन! तू उसका चार्जर क्यों नहीं यूज कर लेती?"

"भाभी! मुझे उसकी कोई चीज नहीं छूनी..."

"अरे मेरी भोली ननद! मुसीबत में गधे को भी बाप बनाना पड़ता है। कर ले यूज। इक्कीस दिन हैं, इक्कीस दिन... कैसे काटेगी ये इक्कीस दिन उसका कोई भी सामान छुए बिना? बता तो... ?"

"हम्म।"

रमोला को भाभी की बात ठीक लगी। उसने चुपचाप अपना मोबाइल रजत के चार्जर में लगा दिया। अब तक रजत की नींद भी खुल चुकी थी, लेकिन वह चुपचाप आँखें मींचे पड़ा रहा। रमोला रसोई में जाकर कुछ बनाने लगी। जैसे ही उसकी खुशबू रजत की नाक में पहुँची, वह भूख से व्याकुल हो उठा। उसे उम्मीद थी कि रमोला उससे भी खाने के लिए पूछेगी ...लेकिन यह क्या! वह एक प्लेट में उत्तपम और एक कप कॉफी लेकर बालकनी में जाकर बैठ गई।

रजत मन मारकर उठा और फ्रेश होने चला गया।

"बहुत तेज भूख लगी थी, लेकिन समस्या यह थी कि उसे कुछ बनाना ही नहीं आता था। जब से रमोला उसे छोड़कर गई थी, वह ब्रेड और मैगी से ही गुजारा करता रहा था। उसने देखा कि उत्तपम का बेटर और सारी कटी सब्जियाँ सामने ही रखीं हैं तो सोचने लगा कि क्यों न इसे ही बनाने की

कोशिश की जाए! ऐसा भी क्या मुश्किल है? माँ को और रमोला को बनाते हुए देखा ही है कितनी बार। घोल को गरम तवे पर डालो और फिर उसके ऊपर सारी कटी सब्जियाँ सजा दो··· चारों तरफ से घी लगा दो ···हो गया उत्तपम तैयार। ये औरतें ऐसे ही नक्शेबाजी दिखाती रहती हैं। खाना बनाना इतना भी मुश्किल काम नहीं है। चलो आज मैं उत्तपम बनाता हूँ।

रजत ने जैसे ही बेटर को तवे पर डाला, वह एक ही जगह इकट्ठा हो गया। उसने धीरे से उसे चारों तरफ फैलाना शुरू कर दिया, लेकिन यह क्या! वह तो उसके पलटे पर ही चिपकने लगा। वह जितना भी फैला पाया था, उतने पर ही सब्जियाँ डालकर सेंकने लगा। यह उत्तपम कम कोई बहुत बड़े साइज की इडली या उपमा ज्यादा लग रहा था। खैर! रजत बड़े शौक से उसी को खाने के लिए चल दिया।

प्लेट उठाकर वह जैसे ही मुड़ा तो देखा कि रमोला किचन के दरवाजे के पास खड़ी उसी को देखे जा रही है। पहले तो रमोला को उसका यह उत्तपम कम इडली कम उपमा देखकर दया आ गई, लेकिन अगले ही पल वह व्यंग्य से मुसकरा दी, मानो कह रही हो—'देखा बच्चू इतनी आसान है कुकिंग! नानी याद आ गई न?'

···और इधर रजत अपनी प्लेट को ऐसे गर्व से लेकर खड़ा था, मानो कह रहा हो—'बड़ी आई अपनी कुकिंग का रौब झाड़नेवाली। देखा! मैंने भी उत्तपम बना लिया।'

लेकिन जैसे ही उसने पहला ही कौर मुँह में रखा, उसे अपनी कुकिंग की हकीकत पता चल गई। जैसे-तैसे वह इसे खा पाया। अब खाना तो पड़ता, मजबूरी जो थी, वरना रमोला सुना-सुनाकर उसकी हालत भी इस उत्तपम जैसी कर डालती।

तभी उसके दोस्त का फोन आ गया, "और कैसा है?"

"कैसा क्या! बहुत बुरा हाल है इस लॉकडाउन में, तू सुना, सब ठीक है?"

"मेरा हाल तो तेरे से भी बद्तर है भाई। वो रमोला आई थी अपना कुछ

सामान लेने ···और तभी मोदीजी ने हमें इक्कीस दिन तक साथ रहने का आशीर्वाद दे डाला।"

"हा···हा···हा···, तुझे ही नहीं ···हम सभी को। वे क्या जानें कि बीवी का अत्याचार क्या होता है। बड़ी आसानी से कह दिया कि इक्कीस दिन तक कोई घर से बाहर नहीं निकलेगा। मुझे तो लग रहा है इक्कीस दिन बाद मेरी आत्मा ही बाहर निकलेगी और वो भी चीख-चीखकर रोती हुई···"

"हाँ यार, मुझे भी यही लग रहा है। सुन यार, तुझे कुछ बनाना आता है? सिखा दे प्लीज। मुझे कुछ भी नहीं आता। बड़ी भूख लगी है। अब हर रोज ब्रेड और मैगी तो नहीं खा सकता न··· इक्कीस दिन हैं अब तो।"

"भाभी खाना नहीं बना रही?"

"बना रही है न, लेकिन सिर्फ अपने लिए। यार, वो मेरे लिए नहीं बनाएगी न ···समझा कर। जिस दिन वह घर छोड़कर गई थी, उस दिन हमने एक-दूसरे को काफी कुछ भला-बुरा सुना दिया था। मैंने उसके खाने को लेकर भी ताना मारा था, इसलिए अब किस मुँह से उससे कहूँ कि मेरे लिए भी बना दे।"

"भाई देख! जब कोई चारा न हो तो गधी को भी परी कहना पड़ता है। बोल दे न खाना बनाने को। एक-आध बार तारीफ भी कर दियो। क्या जाता है बे··· देख वो भी तेरा सामान इस्तेमाल कर ही रही होगी?"

"हाँ, ये तो है···"

"तो फिर? समझदार बन··· चल बाय, फिर बात करते हैं।"

"हाँ, ठीक है।"

रात को रमोला अपना खाना बना रही थी, तभी रजत ने बिना उससे आँख मिलाए बाहर से ही कहा, "मेरे लिए भी बना देना।"

रमोला ने उसे घूरकर देखा। रजत जानता था कि वह उसे व्यंग्य भरी नजरों से देख रही होगी, इसलिए उसने रमोला की ओर देखा ही नहीं। रमोला का वार खाली चला गया और उसने रजत का भी खाना बना दिया।

इस तरह से दोनों के दिन कटने लगे। दिन क्या कटने लगे, बल्कि बेसब्री

से लॉकडाउन खुलने का इंतजार होने लगा। जब भी किसी बात पर एक-दूसरे से कुछ पूछने का मन होता या कुछ कहना होता तो दोनों मैसेज का सहारा लेते, सीधे बात नहीं करते थे। झगड़े की किसी भी स्थिति से दोनों ही अपने आप को रोक लेते और खुद को यह याद दिलाते कि बस कुछ दिन की बात है, जैसे ही लॉकडाउन खत्म होगा, हम तलाक ले लेंगे।

रमोला सब्जी काट रही थी, तभी अचानक उसका हाथ हलका सा हिला और चाकू सीधे उसकी उँगली में जा लगा। धार तीखी होने के कारण वहाँ से खून बहने लगा। वह कराह उठी। रजत ने दौड़कर एक कॉटन में सेविलोन लगाकर उसकी तरफ बढ़ा दिया। रमोला ने चुपचाप कॉटन ले लिया ···लेकिन उसे याद हो आया कि पहले उसकी उँगली कट जाने पर रजत कितना परेशान हो उठता था और उसकी कटी उँगली सीधे अपने मुँह में डाल लेता था, ताकि खून बहना रुक जाए।

रात में सोने से पहले रजत अपने बालों में तेल डाल रहा था। वह एक हाथ में तेल की कटोरी पकड़े था तो दूसरे हाथ से तेल लगा रहा था। रमोला ने उसे कनखियों से देखा। रजत ने उसे अपनी ओर देखते हुए देख लिया। आँखें मिलते ही रमोला झेंप गई और वहाँ से उठकर बालकनी में चली गई। रजत को याद हो आया कि पहले वे दोनों एक-दूसरे के बालों में कितने प्यार से तेल डालते थे। जब वह रमोला के बालों में चंपी करता था तो वह बेहाल हो उठती थी, “रजत, धीरे-धीरे करो यार! मेरे बालों से कुश्ती मत लड़ो, टूट जाएँगे।” और जब वह उसके बालों में चंपी करती थी तो वह कहता था, “यार! तुम चंपी कर रही हो या गुदगुदी? जरा तेज हाथ चलाओ न। थोड़ा खाना और खाया करो, ताकत नहीं है तुममें।”

वह उसके बालों को जोर से खींचती और वहाँ से भाग खड़ी होती। रजत ‘आई··· उई···’ करता हुआ उसे पकड़ने के लिए दौड़ पड़ता था···

इन कुछ दिनों में दोनों के बीच बातचीत न के बराबर रही, इसलिए उनमें लड़ाई भी नहीं हुई। दोनों दिन में ऑनलाइन अपने-अपने दफ्तर का काम करते और बाकी के समय घर के काम। दोनों ने मिलकर घर के

सारे काम आधे-आधे बाँट लिये थे। रमोला घर की सफाई करती तो रजत कपड़े धो देता। रमोला खाना पकाती तो रजत सारे बरतन माँज देता। बिना किसी बातचीत के ये काम उन्होंने आपस में बाँट लिये थे। बचे हुए समय में रमोला ज्यादातर अपने दोस्तों और रिश्तेदारों के साथ बातें करती, जबकि रजत या तो दोस्तों के साथ पब्जी खेलता या टी.वी. देखता।

सुबह-सुबह रजत चाय लेकर आया और रमोला के सिरहाने रखकर लौट ही रहा था कि उसने गौर किया कि वह बहुत ही मद्धम आवाज में कराह रही है। उसने उसके चेहरे को ध्यान से देखा। रमोला का चेहरा लाल हो रहा था। रजत ने धीरे से उसके माथे पर हाथ रखा। ओह! इसे तो बहुत तेज बुखार है··· रजत ने जल्दी-जल्दी मेडिकल किट खोली और उसमें से एक क्रोसिन निकालकर वहीं चाय के पास रख दी। फिर पानी का एक गिलास और बिस्कुट का एक पैकेट भी वहाँ रख गया। कुछ ही समय में रमोला की आँख खुली। उसने महसूस किया कि उसका सिर दर्द से फटा जा रहा है। वह बेड के सिरहाने टेक लगाकर बैठ गई, तभी उसकी नजर दवाई और बाकी चीजों पर पड़ी। वह हौले से मुसकरा दी। दो मिनट तक सभी चीजों को ऐसे ही देखती रही। फिर धीरे से आगे सरक आई। दो घूँट पानी पिया, पैकेट में से एक बिस्कुट खाया और चाय पीने लगी। चाय के आखिरी घूँट के साथ उसने एक क्रोसिन भी गटक ली। रमोला इस बात से अनजान थी कि रजत खिड़की से उसे देख रहा है। इधर जैसे ही उसने दवा खाई वैसे ही रजत ने भी राहत की साँस ली और सोफे पर आकर टी.वी. देखने लगा।

रमोला बहुत देर तक बैठी-बैठी सोचती रही कि रजत को जाकर थैंक्यू कहे, लेकिन उसके ईगो ने उसे रोक लिया। इधर रजत का दिल भी हो रहा था कि जाकर उसकी तबीयत के बारे में पूछे, लेकिन ईगो तो उसमें भी कम न था। लेकिन उस दिन रजत ने खुद ही घर की सफाई भी की और लंच में खिचड़ी बनाई। अब उसने कैसी खिचड़ी बनाई होगी, वो आप खुद ही समझ जाइए ···बस हुआ यह कि खाते समय दोनों को बीच-बीच में पानी पीना पड़ रहा था। पानी के बिना उसे निगलना भी मुश्किल था।

अगले दिन रमोला का बुखार ठीक हो गया।

"इधर लॉकडाउन खत्म होने की तारीख भी नजदीक आती जा रही थी।

सरकार ने लॉकडाउन पूरी तरह से खत्म करने का निर्णय तो नहीं लिया, लेकिन आवश्यक कार्यों के लिए छूट जरूर दे दी।

रमोला सुबह उठकर जल्दी तैयार हो गई। आज रजत अभी तक सो रहा था। रमोला ने सोचा कि उसे जगा दे, लेकिन फिर खयाल आया कि अब तो मैं जा ही रही हूँ, जैसे रहना, चाहे रहे। जब चाहे सोए, जब चाहे जागे। अब तो इसे पूरी आजादी है।

लेकिन उसने सोचा कि जाने से पहले रजत के लिए आज रात तक का खाना बनाकर रख जाए। उसने भी तो बुखार के समय बिना कुछ कहे कितना ध्यान रखा था उसका।

रमोला आलू के दो पराठे और चाय लेकर रजत के सिरहाने सोफे के पास वाली टेबल पर रख आई और अपना पर्स उठाकर पलटी ही थी कि रजत ने उसकी कलाई पकड़ते हुए पूछा, "जाना जरूरी है क्या? प्लीज, मत जाओ। देखो! जैसे हम अब तक रहे, आगे भी रह लेंगे।"

रमोला का चेहरा आँसुओं से भीगने लगा। रजत ने उठकर उसके आँसू पोंछे और उसे सीने से लगा लिया।

इधर मोदीजी लॉकडाउन-दो की घोषणा कर रहे थे।

सभी पतियों और पत्नियों को इतने समय तक एक-दूसरे के साथ रखने का रिकॉर्ड भी हमारे मोदीजी के नाम ही जाएगा···

□

लॉकडाउन में मिले हम-तुम

"यार सौरभ! तेरे सामनेवाली कोठी में ये मस्त आइटम कौन है? पहले तो कभी नहीं देखा इसे। नई आई है क्या?"

"शू! शू! शू! धीरे बोल, धीरे··· चल-चल बाहर चल, मरवाएगा क्या बे?"

सौरभ अपने दोस्त मुदित का हाथ खींचते हुए बाहर ले आया। फिर अपनी स्कूटी पर टेक लगाते हुए बोला, "क्या यार! मरवाएगा तू किसी दिन। घर के अंदर ये सब मत बोला कर। किसी ने सुन लिया तो सॉलिड कुटाई हो जानी है।"

"ओह! चल अब बता न। कौन है ये?"

"कोई नई फैमिली आई है। इसी संडे देखा मैंने भी। ट्रक से सामान उतर रहा था···"

"कौन-कौन है घर में?"

"यार, अभी ज्यादा नहीं पता मुझे भी··· उस दिन मम्मी और दीदी बात कर रही थीं कि शायद इन लोगों ने यह घर खरीदा है।"

"अरे वाह! फिर तो तेरी मौज हो गई। क्या मस्त आइटम आया है तेरे घर के सामने···"

"यार, तू क्या बोले जा रहा है! मैंने तो इतना गौर भी नहीं किया।"

"अरे, यही तो प्रॉब्लम है तेरी। तेरे सामने से चिड़िया निकल जाती है, मगर तू गौर ही नहीं कर पाता और एक हम हैं, जो उड़ती चिड़िया के भी पर गिन लेते हैं।"

"यार, तेरा काम तुझे ही मुबारक, मैं नहीं पड़ता इन झंझटों में।"

"...तो फिर मैं पटा लूँ इस चिड़िया को? देख, तेरी निगाह इस पर हो तो पहले ही बता दे। अपन भाई लोगों में कोई झगड़ा नहीं चाहिए। तेरे घर के सामने है, इसलिए पहला हक तो तेरा ही बनता है। लेकिन अगर तू इंट्रेस्टेड नहीं है तो हम हाथ आया शिकार क्यों छोड़ें?"

"यार, तेरी यही बातें मुझे जरा भी अच्छी नहीं लगतीं ...लेडीज की रिस्पेक्ट करना सीख। तू तो सबको एक जैसे ट्रीट करने लगता है। तुझे क्या लगता है? सब लड़कियाँ एक-सी होती हैं?"

"ओए, अच्छी-अच्छी देखी हैं मैंने। इस मामले में सब एक-सी होती हैं। बातें बड़ी-बड़ी, लेकिन जैसे ही किसी लड़के ने लिफ्ट दी नहीं कि चारों खाने चित।"

"बस कर यार, तेरी यही बातें मुझे अच्छी नहीं लगतीं। अच्छा ये बता, कल स्कूल आ रहा है न?"

"भाई, तू तो टॉपिक ही चेंज करने लगा। खैर... हाँ, आना ही पड़ेगा। घर में क्या करूँगा? बोर ही हो जाऊँगा। स्कूल में कम-से-कम देखने लायक कुछ होता तो है।"

"यार, तू किसी की भी रिस्पेक्ट नहीं करता ...बहुत गलत बात है।"

"अबे, तू करता है न, यह क्या कम है? दोनों करेंगे तो रिस्पेक्ट ओवरफ्लो हो जाएगी..." मुदित ने शरारत से हँसते हुए सौरभ की पीठ पर एक धौल जमाई और अगले ही पल अपनी स्कूटी स्टार्ट करते हुए बोला, "चल बाय, कल स्कूल में मिलते हैं।"

पीछे से सौरभ ने चिल्लाते हुए कहा, "होमवर्क पूरा कर लियो बे ...कल शर्मा सर को फाइल भी सब्मिट करनी है।"

"तू है न, तू कर लियो ...हा हा हा" मुदित हँसता हुआ मुड़ा और गली के बाहर निकल गया।

सौरभ घर के भीतर चल दिया। वह सोच रहा था कि हम कितने अलग हैं, फिर भी पता नहीं कैसे हमारी दोस्ती हो गई!"

सौरभ इलेवंथ क्लास का स्टूडेंट था और पढ़ाई में काफी अच्छा भी। लेकिन उसकी क्लास के तीन-चार लड़कों को छोड़कर बाकी सभी की रुचि या तो लड़कियाँ देखने और उन्हें पटाने में रहती या फिर अपने टीचर्स का पीठ पीछे मजाक बनाने में। सौरभ को इन दोनों ही कामों में कोई रस नहीं आता, लेकिन बेचारा क्या करता! ग्रुप से निकाल दिए जाने के डर से सबकी बेहूदी बातों पर मुसकराता रहता।

आजकल के बच्चों में पीयर प्रेशर एक बहुत बड़ी समस्या है··· बेचारों को बहुत से अनचाहे काम दूसरों की देखा-देखी भी करने पड़ते हैं।

नया साल आने के साथ ही इन बच्चों में एग्जाम का प्रेशर भी बढ़ने लगता है। सौरभ के स्कूल में फरवरी में परीक्षाएँ शुरू हो जाती थीं। इस बार फरवरी में एक और खबर फैल रही थी, जो कि पूरी दुनिया में दहशत मचाए थी। कोरोना नाम का वायरस चीन में बहुत तेजी से सभी को अपनी गिरफ्त में ले रहा था। अब यह वायरस दुनिया के बाकी देशों में भी पहुँच गया था। इधर बच्चों के एग्जाम खत्म हुए और उधर हमारे देश में भी लॉकडाउन लगा दिया गया। रिजल्ट भी सभी को ऑनलाइन ही दिए गए।

"हैलो!"

"हाँ भाई, बोल कैसा है?"

"तेरा रिजल्ट कैसा रहा?"

"देख भाई! अपन तो ये मार्क्स-वार्क्स की चिंता करते नहीं हैं। ये सब फालतू की चिंताएँ हमने तेरे लिए छोड़ रखी हैं।"

"तू नहीं सुधरेगा, मुदित··· हा···हा···हा···"

"अबे, पहले बिगड़ने तो दे ···फिर सुधर भी लेंगे।"

"यार, मैं तो एक हफ्ते में ही घर पे बोर हो गया। ये इक्कीस दिन कैसे कटेंगे?"

"देख भाई! सीधी सी बात है, इधर-उधर निगाह दौड़ा, छत पर जाकर देख या फिर टंबलर इन्स्टा पे खोज, कहीं भी हाथ-पैर मार, कोई सॉलिड आइटम ढूँढ़, वरना ये इक्कीस दिन तो कटने से रहे।"

"अबे तू फिर शुरू हो गया··· कोई ढंग का सजेशन नहीं दे सकता क्या?"

"अरे हाँ! सौरभ तेरे लिए एक और ऑप्शन भी है। तू यू-ट्यूब पर सद्‌गुरु को, ओशो को और ऐसे कई और लोगों की ज्ञान भरी बातों को भी सुन सकता है। तेरा जीवन सफल हो जाएगा भाई!"

"तू और तेरे ये सजेशंस··· कहाँ तो लड़कियाँ ताड़ने की सलाह दे रहा था और कहाँ सीधे धर्म और अध्यात्म की बातों पर आ गया···"

"देख भाई, हमारे पास हर मर्ज की दवा है।"

"···भाई! तो कोरोना की भी निकाल दे। पता नहीं ये स्कूल भी कब खुलेंगे! मुझसे तो अब घर में जरा भी नहीं रहा जा रहा।"

"कोई नहीं, घर से ही क्लास करेंगे इस बार ···ऑनलाइन"

"हम्म···"

कुछ ही दिनों में स्कूल की ऑनलाइन पढ़ाई शुरू हो गई। सौरभ की बोरिंग लाइफ में थोड़ी सी एक्साइटमेंट लौटी। शुरू-शुरू में तो दो-चार दिन वह कैमरा-वैमरा ऑन करके बैठा, लेकिन फिर धीरे-धीरे यह भी बोरिंग होता चला गया।

उधर मुदित था, जिसने कि पहले दिन से ही ऑनलाइन क्लास में कोई खास इंटरेस्ट नहीं दिखाया था। मीटिंग जॉइन कर लेता, लेकिन कैमरा भी ऑफ रखता और अपना वॉल्यूम भी म्यूट कर देता। जिसे जो बोलना हो बोले, जो पूछना हो पूछे···

वैसे एक बात है, हमारे टीचर्स बड़े ही कमाल के होते हैं, अपनी नौकरी के प्रति पूरी तरह से समर्पित। पढ़ाई का जो माहौल वे स्कूल में बनाकर रखते थे, वैसा ही इन ऑनलाइन कक्षाओं में भी बनाने में सफल रहे। वही रोज की तरह अटेंडेंस लेना, दीवार पर लगे ब्लैक बोर्ड की तर्ज पर सिस्टम के व्हाइट बोर्ड पर लिखकर समझाना, ऑनलाइन ही हर स्टूडेंट से प्रश्न करना और अगर सही जवाब न मिले तो सबके सामने उनका बैंड बजा देना··· आदि-इत्यादि।

आज की क्लास में क्लास टीचर इस सेशन के नए स्टूडेंट्स का इंट्रो करवा रही थीं। मुदित, सौरभ और बाकी बच्चे अपने-अपने घरों से सिस्टम पर ऑनलाइन थे और इन नए चेहरों को देख रहे थे, इनका नाम-परिचय सुन रहे थे। टीचर जिस बच्चे का नाम लेती, वह अपना कैमरा ऑन करता, खुद को अनम्यूट करता और अपने बारे में बताना शुरू कर देता।

जतिन···राघव···मोहित···रागिनी···लतिका···लतिका ···ये लतिका!

मुदित ने लतिका की प्रोफाइल पिक्चर को पिन कर दिया और गौर से देखने लगा। कन्फर्म होते ही उसने उसी वक्त व्हाट्सएप पर उसकी फोटो खींचकर सौरभ को भेजी और लिखा—"

'अबे देख! ये तेरी वही सामनेवाली आइटम है न?'

'हाँ, मुझे भी वही लग रही है।'

'तू तो बड़ा तकदी वाला निकला, घर के सामने भी उसी के दर्शन, ऑनलाइन क्लास में भी उसी के नजारे और जब स्कूल खुलेंगे तब भी उसी के साथ बैठने के मौके मिलेंगे तुझे तो···'

'भाई, तू बंद कर ये बेकार की चैट ···क्लास चल रही है, मुझे क्लास करने दे।'

मुदित लगातार मैसेज करता रहा, लेकिन सौरभ ने अपना मोबाइल म्यूट पर डाल दिया और लैपटॉप स्क्रीन पर ध्यान से देखने लगा। मन तो उसका भी नहीं माना और उसने भी लतिका को पिन करके उसे गौर से देखा ···हाँ! ये लग तो वही रही है।

सौरभ ने शाम को देखा कि माँ और सामनेवाली आंटी सोशल डिस्टेंस मेंटेन करते हुए आपस में बातें कर रही हैं। जाहिर सी बात है कि वे यहाँ नई आई हैं तो माँ से दोस्ती भी बढ़ाना चाहती थीं और यहाँ कहाँ क्या मिलता है, यह सब जानना भी चाहती थीं। सौरभ की देह बाहरवाले रूम में रखी हुई थी, लेकिन कान इन दोनों की बातों में लगे हुए थे। वह गौर से सुनने लगा।

जान-पहचान चल ही रही थी। इसी दौरान दोनों अपने-अपने परिवार के सदस्यों और बच्चों के बारे में भी बताने लगीं। सौरभ ने अपनी सारी इंद्रियों

की शक्ति कान को दे दी। इस वक्त उसके कान की पावर हाई थी। कान के दोनों ढकने ऊपर की ओर तने हुए थे।

"मेरे दो बच्चे हैं, बड़ी बेटी सुरभि और उससे छोटा सौरभ।"

"मेरी दोनों ही बेटियाँ हैं। बड़ीवाली का नाम लतिका है और छोटी वाली का···"

"होगा-सो-होगा··· छोटी का नाम सुनने में किसे दिलचस्पी थी?"

इधर सौरभ ने जैसे ही सुना 'लतिका' वैसे ही उसके कान के दोनों ढकने बंद ···और दिल की बीट दिल, दिमाग, सीने, पेट, जिगर, किडनी हर तरफ से सुनाई देने लगी। लगा कि धड़-धड़ करता दिल कहीं बाहर ही न निकल आए।

वह दौड़कर अपना मोबाइल उठा लाया और मुदित को मैसेज टाइप करने लगा। वह उसे बताना चाहता था कि हमारा सुबह का शक सही निकला।

···लेकिन फिर एकाएक रुक गया। बेकार में कॉम्पीटीशन क्यों क्रिएट करना? मुदित के पास टैलेंट की कमी है क्या? वह तो एक बार में पाँच पटा ले और उन्हें हैंडल भी कर ले ···मुझे तो जैसे-तैसे पहली बार कोई पसंद आई है। किसी और से तो बाद की बात है, सबसे पहले तो मुदित से ही बचाना पड़ेगा इसे।

आज सौरभ ऑनलाइन क्लास में कैमरा ऑन करके बैठा था। तभी मुदित का व्हाट्सएप आया—'ठीक है भाई, ठीक है ···तोड़ दिए न तूने दोस्ती के उसूल?'

'क्यों! मैंने क्या किया मुदित? तू ऐसे क्यों लिख रहा है?'

'अबे बताया था न कि हम वो नजर रखते हैं, जो उड़ती चिड़िया के भी पर गिन ले। कल तेरी पड़ोसन का इंट्रो हुआ और आज तू ऐसे सज सँवर के बैठ गया, जैसे दूल्हे राजा की मुँह दिखाई चल रही हो···'

'अबे कुछ भी···'

वैसे मुदित ने लिखा तो ठीक ही था, इसलिए सौरभ भी इतना ही

लिखकर इस मुद्दे को टाल गया।

अब हर क्लास में वह अपना कैमरा ऑन रखने लगा। टीचर भी बड़े खुश रहने लगे उससे। अकसर पूरी क्लास को उसका उदाहरण देते हुए कहते, "सीखो कुछ सौरभ से। हमेशा अपना कैमरा ऑन रखता है। हर आंसर के लिए हैंड-रेज करता है। और एक तुम लोग हो, सोते ही रहते हो…"

अब तो सौरभ रोज शाम को कभी छत पर पहुँच जाता तो कभी घर के सामने लॉन में टहलने लगता। इन सबके पीछे टारगेट एक ही था—लतिका। वह चाहता था कि लातिका की निगाह भी उस पर पड़े …शायद इस तरह उनकी माँओं की तरह उन दोनों की दोस्ती भी परवान चढ़े।

सचमुच उसकी रोज की यह तपस्या रंग लाई और एक दिन लतिका की निगाह उस पर पड़ ही गई। वह चौंककर सौरभ की तरफ देखने लगी। 'यह लड़का तो देखा-देखा सा लग रहा है! ओ हाँ, ये तो मेरी क्लास में है। क्या नाम है इसका? अरे वही तो है ये, जो हमेशा अपना कैमरा ऑन रखता है।'

लतिका बहुत देर तक अपनी याददाश्त से जूझती रही, लेकिन उसे नाम याद नहीं आया तो नहीं ही आया …वैसे यह कोई इतनी बड़ी बात भी नहीं थी, कल क्लास जॉइन करते ही इन महाशय का नाम पता चल जाना था।

"लेकिन यह क्या! आज तो महाशय क्लास से ही गायब। लतिका ने एक-एक को पिन करके देख लिया, लेकिन उसे सौरभ का चेहरा नहीं दिखा। तभी टीचर ने पूछ लिया, "आज सौरभ कहाँ है? इज ही एब्सेंट टुडे? उसने किसी को कुछ बताया है क्या? कौन है उसका फ्रेंड?"

"मैम, उसे फीवर आ रहा है।" मुदित ने बिना कैमरा ऑन किए ही कहा।

"ओह माई गॉड! इस समय किसी को कुछ न हो।"

थोड़ी सी चिंता लतिका को भी हुई, लेकिन फिर उसने सोचा, 'मुझे क्या?'

सौरभ दूसरे दिन भी क्लास नहीं कर पाया, लेकिन शाम को थोड़ा जी बहलाने के लिए लॉन में आकर बैठ गया। माँ और बड़ी बहन भी पीछे-पीछे

आ गईं। तीनों चेयर पर बैठे बातें भी करते जा रहे थे और अपने-अपने मोबाइल में भी देखते जा रहे थे। तभी सामनेवाली दोनों बहनें भी अपनी छत पर नजर आने लगीं। सौरभ ने ध्यान दिया कि लतिका उसे गौर से देख रही है। वह उसे पहचानने की कोशिश कर रही थी। उसने भी एक नजर भर के उसकी तरफ देखा और फिर उठकर अंदर चला गया।

कुछ ही देर बाद लातिका की माँ की आवाज सौरभ के कानों में पड़ी। सामनेवाली आंटी और उसकी माँ अपने-अपने गेट के पास खड़ी बातें कर रही थीं।

उन आंटी ने उसकी बहन सुरभि की तरफ इशारा करते हुए पूछा, "यह आपकी बेटी है?"

"जी हाँ! कॉलेज में है। बेटा इसी साल इलेवंथ में गया है। सेंट जेवियर में है…"

माँ की बात बीच में काटते हुए आंटी ने चौंककर कहा, "सेंट जेवियर! कौन सी वाली ब्रांच में? मेरी दोनों बेटियाँ भी वहीं हैं। कुछ परिचितों ने बताया था कि इस शहर में वह काफी अच्छा स्कूल है तो हमने शिफ्ट होने से पहले ही वहाँ दोनों के लिए एडमिशन फॉर्म भर दिए थे। लॉकडाउन की वजह से ऑनलाइन ही एडमिशन टेस्ट हुए और इंटरव्यू भी। दोनों उसी में तो पढ़ती हैं। आजकल तो ऑनलाइन क्लासेस चल रही हैं।"

"जी-जी।"

अपनी बातें सुनकर उन आंटी की दोनों लड़कियाँ छत की बाउंड्री के नजदीक आकर खड़ी हो गईं और सौरभ की माँ-बहन को देखकर शिष्टाचार से बोलीं—

"नमस्ते आंटी, नमस्ते दीदी।"

सौरभ भी बाहर निकल आया। वैसे भी वह नाम के लिए ही भीतर था, कान तो इन सभी की बातों में लगे हुए थे उसके।

माँ ने उसे देखते ही अपनी ओर खींचा और तपाक से बोलीं—"यह है मेरा बेटा, सौरभ।"

"सौरभ ने हाथ जोड़कर नमस्ते की और माँ की बजाय ऊपर टँगी उनकी दोनों बेटियों की ओर देखने लगा। वे दोनों भी इसी तरफ देख रही थीं। सौरभ की नजर बड़ी पर थी, छोटी कहाँ देख रही है, कहाँ नहीं, उसे परवाह नहीं थी। लतिका भी उसी की तरफ देख रही थी।

अब तो कोई डाउट था ही नहीं। कन्फर्म था कि वे दोनों एक ही स्कूल में और एक ही क्लास में हैं।

वह उसे देखकर आँखों-ही-आँखों में मुसकराया। उसने अपनी नजरें झुका लीं। लेकिन अगले ही पल फिर उसी की तरफ देखने लगी, इस बार वह भी मुसकरा दी ···और थोड़ा शरमा भी गई। सौरभ तो दीवाना ही हो उठा।

···लेकिन वह चौकन्ना हो गया, क्योंकि इतनी नजदीकी भी एक बहुत बड़ी प्रॉब्लम थी। अब हर कदम बहुत सावधानी से और बहुत फूँक-फूँककर रखना था। पहली बार तो कोई लड़की पसंद आई, जिसने इस दिल की घंटी बजाई, लेकिन वो तो पड़ोसन ही निकली और इतना ही नहीं, सेम क्लास, सेम सेक्शन···

अब तो मुदित की सलाह लेनी ही पड़ेगी। यह तो तलवार की धार पर चलने जैसा है—मुदित को ही बताना और मुदित से ही बचाना।

खैर! अब जो भी होगा, देखा जाएगा···

□

लॉकडाउन! तू जो न कराए सो कम…

शाम हो गई थी, रोज की तरह मैं छत पर सूख रहे कपड़े उठाने चल दी। मैं गुनगुनाते हुए तेजी से फर्र-फर्र कर सभी सीढ़ियाँ फलाँघ गई …और अगले ही मिनट छत पर नजर आने लगी।

…और इधर, आँगन में खाट पर लेटी मेरी दादी की बड़बड़ चालू— "लड़की सोलह की होने को आई, लेकिन फर्र-फर्र करती इधर-उधर डोलती फिरे, ये नहीं कि जरा नम होके चलना सीखे। जिस घर जाएगी, नाक कटाएगी…"

माँ ने सुनकर अनसुना कर दिया। क्या करे वो भी! बेचारी मुझे बार-बार समझाती और मुझे भी माँ की बात ठीक लगती। उस समय तो मैं डिसाइड कर लेती कि अब से धीरे-धीरे चला करूँगी …लेकिन थोड़ी ही देर में भूल-भाल जाती। मेरे भीतर से बचपना जाता ही नहीं था …और ये बूढ़ी दादी दिनभर किसी-न-किसी पर बड़बड़ाती ही रहतीं। अब गलती तो किसी की भी नहीं थी। मैं ठहरी अल्हड़, तो उछलती-फिरती रहती …और दादी ठहरीं बूढ़ी, लाचार और खाली तो दिनभर आँगन में लेटी-बैठी यही देखती रहतीं कि कौन क्या कर रहा है, कहाँ जा रहा है, कहाँ से आ रहा है… बस! फिर क्या था, इसलिए पूरे दिन उनका यह प्रवचन भी चलता रहता …कोई सुनता हो कि न सुनता हो।

मेरी माँ की छठी इंद्री हमेशा फुल चार्ज रहती थी। इधर लॉकडाउन हुआ नहीं कि उन्होंने अपने ऊपर आनेवाले भावी वर्कलोड को भाँप लिया और घर

में हम सभी के काम बाँट दिए।"

उनका भी कहना सही था कि, 'एक तो अब तुम सभी को पूरे समय घर में ही रहना है और दूसरे अब से न तो महरी आएगी और न ही रोटी बनानेवाली अम्मा '''तो सारा काम अकेले मुझसे होने से रहा। अगर खाना समय पर चाहिए तो काम तो करना ही पड़ेगा।'

अब बताइए साहब! खाना किसे नहीं चाहिए? आदमी खाने के भरोसे ही तो जिंदा है। सभी उनके आदेश का पालन करने के लिए आकुल-व्याकुल हो उठे।

मैं तो न जाने कितनी बार माँ के टेलेंट का लोहा मान चुकी थी। सच में! मेरी माँ हैं बड़ी चतुर, देखने में तो कित्ती सीधी-सादी लगती हैं, और हैं भी बस बी.ए. पास '''लेकिन मैनेजमेंट में ऐसी तगड़ी कि उनके आगे बड़े-बड़े चतुर मैनेजमेंटिए भी फेल।

तो चलिए, घर के बड़े सदस्यों से शुरू करते हैं—"उन्होंने बाबा की ड्यूटी लगाई है कि वे रोज सुबह घर के पीछे लगी बगिया में से ताजी उगी सब्जियाँ तोड़कर रसोई में रखेंगे। हालाँकि इस समय कोरोना की वजह से लॉकडाउन है, वरना पूरे 365 दिन सब्जी और फल लाने की अघोषित ड्यूटी उन्हीं की थी। वे भी इस काम को बड़ी खुशी-खुशी किया करते। इसी बहाने बाहर घूम आते, चार दोस्तों से भी गप्पें मार आते, लेकिन इस कोरोना की वजह से उनका बाहर निकलना ही बंद हो गया था। आजकल तो बाबा ने घर के पीछे खाली पड़े प्लॉट में कुछ ज्यादा ही सब्जियाँ उगा ली थीं।

दादी की ड्यूटी थी माँ के द्वारा दी हुई सब्जियों को बैठे-बैठे छीलना और काटना। हालाँकि माँ जब भी दादी के सामने सब्जी और चाकू रखकर जातीं तो दादी का बुरा-सा मुँह बन जाता। पहले तो वे अपनी तीखी-तीखी नजरों से पाँच-दस मिनट तक उन सब्जियों को घूरतीं '''मन-ही-मन कुछ बुदबुदातीं, मानो कोई मंत्र पढ़ रही हों। जैसे उस मंत्र के प्रभाव से न सिर्फ ये सब्जियाँ कट जाएँगी, बल्कि उनकी क्रोधाग्नि से भरी नजरों से तो पक भी जाएँगी। अच्छा! एक और मजेदार बात यह कि माँ उनके सामने सब्जियाँ

रखने के बाद पलटकर किचन में चली तो जातीं, लेकिन छुपकर उनकी तरफ देखती जरूर। दादी को गुस्से में बड़बड़ाता देख माँ धीरे से मुसकरा देतीं और फिर अपने काम में लग जातीं। वे भी मन-ही-मन जानती थीं कि अम्मा थोड़ी देर तक भुनभुनाएँगी, फिर काटने ही लगेंगी।

पापा को काम दिया गया था, पूरे घर के कपड़े रोज वाशिंग मशीन में डालकर धोना और फिर उन्हें छत पर सुखाकर आना। पापा इस काम में पहले से परफेक्ट थे, इसलिए उन्हें ज्यादा परेशानी नहीं हुई। हाँ! वो बात और है कि पहले वे अपनी मनमर्जी से यह काम करते थे, लेकिन अब लॉकडाउन में उन्हें इसे एक इम्पॉर्टेंट ड्यूटी की तरह रोज करना था। बेचारे कुछ नहीं बोले। उन्होंने चुपचाप माँ की आज्ञा को शिरोधार्य किया …वैसे भी शादी के इतने साल बाद आज्ञापालन करते-करते वे संतत्व की श्रेणी में पहुँच चुके थे।

पूरे घर में झाड़ू लगाने और डस्टिंग करने का काम मिला भाई को, हालाँकि झाड़ू लगाना सीखने में उसे बड़ा टाइम लगा। शुरू-शुरू में तो वह झाड़ू पकड़ ही नहीं पाता था …लेकिन माँ भी खूब थीं, उन्हें किसी पर दया नहीं आई। शायद वे जानती होंगी कि वे जरा पसीजी नहीं कि सभी ने अपने-अपने काम छोड़े नहीं… जब तक उन्होंने अपने लाड़ले बेटे को झाड़ू लगाना सिखा नहीं दिया, तब तक उसे बख्शा नहीं। अब तो वह इतना परफेक्ट हो गया है कि सुबह उठते ही अपने कंधे पर झाड़ू उठा लेता है और जब अपना सीना तानकर पूरे घर के फर्श का मुआयना करता है तो सच बता रही हूँ, उस वक्त ऐसा लगता है मानो कोई परम बहादुर सैनिक अपने कंधे पर लोडेड रायफल लेकर मैदान में आकर डट गया हो और अपने दुश्मनों को ललकार रहा हो—'ओ बुजदिल कूड़ा-करकटो! कहाँ-कहाँ छुपे हुए हो? हिम्मत है तो बाहर निकलो…'

चौका-बरतन माँ का ही काम था, यह उन्होंने अपने पास ही रखा। वैसे यह था भी उन्हीं के वश का।

मैं घर में सबसे छोटी हूँ। लेकिन आप यह मत समझिएगा कि मैं बख्श दी गई। मेरे हिस्से में आया पूरे घर में पोंछा लगाना और सभी सूखे

कपड़े तह करके सबकी अलमारियों में रखना। शुरू-शुरू में कुछ दिन पोंछा लगाने में दिक्कत हुई। मैं बुरी तरह से हाँफ जाती और माँ की ओर देखने लगती ···अकसर पाती कि माँ भी बड़ी दयादृष्टि से मेरी तरफ ही देख रही हैं ···लेकिन यह क्या! पलक झपकते ही दोबारा माँ की ओर देखती तो पाती कि वे तो यहाँ से गायब ही हो गई हैं!

मैं समझ गई ···कोई छूट नहीं मिलेगी। काम तो करना ही पड़ेगा। खाना तभी मिलेगा। फिर मैंने एक तरकीब निकाली कि यदि पोंछा लगाने में छूट नहीं है तो मुझे अपनी एक्सरसाइज में कुछ दिनों के लिए छूट लगा देनी चाहिए ···और वैसे भी मैंने सुना है कि पोंछा लगाना भी एक परफेक्ट एक्सरसाइज है।

तो बस! घर के सभी लोग लग गए अपने-अपने काम पर।

आज भी मैंने हर रोज की तरह ऊपर पड़ी खाट पर ही सारे सूखे कपड़े तह लगा-लगाकर करीने से रख लिये और जरा देर के लिए मुँड़ेर के पास आकर खड़ी होकर इधर-उधर ताकने लगी।

तभी मेरी नजर बगलवाली दो छत छोड़ तीसरी छत पर पड़ी और एकाएक मुँह से निकला—"ओ त्तेरी! ये कब आया! और वो भी लॉकडाउन में! अब तो बड़ा मजा आएगा।"

पहले मैं आपको इसके बारे में बता देती हूँ—"यह शर्मा अंकल का लड़का है, नकुल। इसका परिवार इतना बड़ा है कि यदि मैं आप लोगों को सबका इंट्रो देने बैठी तो रात हो जाएगी ···और दादी का प्रवचन चालू हो जाएगा—"'छत पर ही मर गई के? ऐ रानी! इतनी देर तक क्या कर रही ऊपर?' ···आप मेरी दादी को तो अब जान ही गए हैं न!

तो हाँ! सिर्फ इस लड़के के बारे में बता देती हूँ, जो इस वक्त छत पर खड़ा अपने मोबाइल में बिजी है। यह छह महीने पहले ही पढ़ने के लिए देहरादून के किसी कॉलेज में चला गया था। बेचारे ने आई.आई.टी. क्लियर करने के लिए दिन-रात एक कर डाला। बड़ी मेहनत की, लेकिन फिर भी क्लियर नहीं कर पाया। घरवालों को तो अपने हर बच्चे की क्षमता का पता होता ही है, इसलिए शर्मा अंकल ने भी इसके ऊपर और एक साल

की कोचिंग का पैसा बरबाद करने का रिस्क नहीं उठाया। उन्होंने इसका एडमीशन प्राइवेट इंजीनियरिंग कॉलेज में करवा दिया।

भई! अपने लड़के को इंजीनियर बनाने से मतलब है, ऐसे नहीं तो वैसे सही ...वैसे नहीं तो ऐसे सही।

सो यह तो देहरादून चला गया था! जरूर घरवालों से मिलने आया होगा और अब लॉकडाउन में फँस गया है।

बेट्टे! तू सिर्फ लॉकडाउन के चंगुल में ही नहीं फँसा है, बल्कि अब तो मेरे चंगुल में भी फँसेगा।

मेरा और इसका बड़ा पुराना झगड़ा है। हम मोहल्ले के बच्चे बचपन से साथ खेलते आए हैं। अब बड़े हो गए हैं तो उतना नहीं खेल पाते। साथ-ही-साथ अब थोड़ा संकोच भी होने लगा है बचपन के उन खेलों को खेलने में और सच बात यह भी है कि अब हम सब अपनी-अपनी पढ़ाई, अपना कॅरियर, माँ-बाप के सपने इन सबके चक्कर में इतना उलझकर रह गए हैं कि न तो खेलने का समय बचा है और न ही मन...

यह नकुल खेलते समय हमेशा चीटिंग करता था। इसी बात पर अकसर हमारे बीच मार-पिटाई की नौबत आ जाती। भई! बड़ी ही सीधी बात है, मैं किसी से डरती तो हूँ नहीं... तो यह किस खेत की मूली है? हमारे दोस्त भी अजीब थे, इधर मैं और नकुल गुत्थमगुत्था हुए नहीं कि वे सभी गायब! कोई माई का लाल हमारे बीच पड़ने की हिम्मत नहीं जुटा पाया। एक बार यह गलती नकुल की बुआ के बेटे ने की थी। उस दिन बड़ा पिटा था बेचारा। दरअसल उस बेचारे की कोई गलती नहीं थी, वो तो दो-चार दिन के लिए ही अपने ननिहाल आया था, लेकिन हमारे झगड़े में पड़ गया ...और पिट-पिटा गया।

कभी-कभी तो हमारा झगड़ा इतना बढ़ जाता कि लात-घूँसों की बौछारें होने लगतीं और सड़क चलते लोगों को बीच-बचाव के लिए आगे आना पड़ जाता। देखिए! मैं भी क्या करूँ, जब किसी को बेईमानी करते हुए देखती हूँ तो रहा ही नहीं जाता...

"रानी! कितनी देर लगा दी ऊपर! नीचे आ, तेरा मिल्क शेक रखा हुआ है"—भाई की आवाज आ गई। चलती हूँ नीचे। नीचे जाकर सोचती हूँ कि इसे कैसे मजा चखाया जाए···

एक काम करती हूँ, इस नकुल के बच्चे को मैसेज डालती हूँ। इसका पुराना नंबर सेव है मेरे पास। हे भगवान्! कहीं इसने बंद न कर दिया हो वह नंबर··· कहाँ गया ···कहाँ गया ···हाँ! ये रहा। थैंक गॉड, व्हाट्सप पर डीपी भी इसी की लगी है। इसके पास तो मेरा यह नंबर होगा ही नहीं। होगा भी तो मेरा पुरानावाला नंबर ही होगा इसके पास। अब तो वो नंबर बंद भी हो गया है कब का···

'हाय! कैसे हो, हैंडसम? आज तुम्हें छत पर देखा। तुम्हारी डैशिंग पर्सनैलिटी देखकर मैं तो पागल ही हो गई हूँ।' ······मैसेज सैंट

नकुल सीन···

नकुल टाइपिंग···

'कौन हो, भाई ···आई मीन बहन! मैं तो तुम्हें जानता भी नहीं।'

'जानने में कितनी देर लगती है नकुल! कल छत पर तुम्हारे लिए पिंक कलर की टी-शर्ट में आऊँगी, पहचान लेना।'

अब आएगा मजा। बच्चू कल पिंक टी-शर्ट वाली को ढूँढ़ता रह जाएगा।

—अगली शाम—

'हा··हा··हा··· ये तो पहले से ही छत पर भटक रहा है। अरे वाह बच्चू! पिंक टी-शर्टवाली के चक्कर में खुद भी पिंक शर्ट पहनकर आ गया! अब खड़े-खड़े ऐसे ही ताकता रह। ढूँढ़ता रह पिंक टी-शर्टवाली को··· चलो मैं तो जिस काम से ऊपर आती हूँ, वो कर लूँ, वरना माँ बड़ा डाँटेंगी। सारे कपड़े उठाकर नीचे ही ले जाती हूँ, वहीं तह कर लूँगी।"

'बच्चू, अभी तक यहीं खड़ा है! पिंक टी-शर्ट वाली के चक्कर में पागल हो जाएगा आज ये। हा··हा··हा···'

'एक मिनट, एक मिनट, ये उधर क्या देखे जा रहा है एकटक? अरे! यहाँ से तो ठीक से दिख ही नहीं रहा··· उस तरफ जाकर देखती हूँ।'

'ओ त्तेरी! ये माही कहाँ से आ गई? और वो भी पिंक टी-शर्ट में! इसलिए ये बच्चू उसे घूरे जा रहा है···

'तुम पिंक टी-शर्ट में बहुत प्यारी लग रही थी माही। मुझे नहीं पता था कि तुम मुझे पसंद करती हो।'

अरे! इसने तो मैसेज भी भेज दिया! ये तो माही के चक्कर में आ गया। अब क्या करूँ? ये मेरे नंबर को माही का नंबर समझ रहा है। अब मैं क्या जवाब लिखूँ? और वो भी माही बनकर··· मगर लिखना तो पड़ेगा।

'मैं तुम्हें बहुत पसंद करती हूँ, नकुल! अगर तुम भी मुझे पसंद करते हो तो कल रेड कपड़ों में आना।'

'माही! तुमने यह बात मुझे पहले कभी क्यों नहीं बताई?'

'पहले हिम्मत ही नहीं पड़ती थी··· और फिर तुम कॉलेज भी तो चले गए थे।'

'हम्म ···अच्छा सुनो! कल तुम मेरे लिए सलवार-कमीज पहनकर आओगी?'

ओके।

'हा···हा···हा··· बड़ा आया! सलवार कमीज के सपने देख रहा है।'

—अगली शाम—

'लाल टी-शर्ट में पूरा लाल लंगूर लग रहा है। मुझे देखकर भी अवॉयड कर रहा है, हुँह! मुझे भी कौन सा तुझे देखने का शौक है! देखो कैसे एकटक माही की छत पर ही ताके जा रहा है! एक बार इत्तेफाक से वह पिंक में आ गई ···हर बार इत्तेफाक थोड़े ही होता है!'

'अरे! ये क्या! आज ये माही घाघरा-चोली क्यों पहने है? लॉकडाउन में घर पर ऐसे कपड़े पहनकर कौन घूमता है! नहीं ···नहीं ···जरूर कोई बात होगी। इन्स्टा या फेसबुक पर देखती हूँ। वहाँ से सब पता चल जाता है।'

'ओ त्तेरी! आज तो इसका बर्थडे है! मैं तो भूल ही गई इस लॉकडाउन के चक्कर में··· पिछले साल अपने बर्थडे में इसने हम सभी दोस्तों को डॉमिनोज में पार्टी दी थी।'

वो देखो हब्शी को··· कैसे उसे घूरे जा रहा है! जैसे खा ही जाएगा। लेकिन इस माही को क्या हुआ, ये क्यों इतना शरमा-शरमाकर उसे देख रही है! अरे वाह! हब्शी का मैसेज भी आ गया—

'माही मैंने तो सलवार-सूट के लिए कहा था, लेकिन तुम तो घाघरा-चोली पहनकर आ गईं! ···और वो भी रेड कलर का! तुम बचपन से ही प्यारी लगती थीं, लेकिन अब बड़ी होकर तो बेहद खुबसूरत लगने लगी हो।'

'तुम भी तो कितने हैंडसम हो गए हो।'

'बाहर मिलें? पीछेवाले पार्क के पास?'

'लॉकडाउन है नकुल।'

'कोई बात नहीं, मास्क पहनकर आ जाना।'

'घरवाले निकलने नहीं देंगे यार···'

'खाना खाने के बाद टहलने के बहाने निकल आना।'

'नकुल! कोशिश करूँगी।'

'लेकिन मैं इंतजार करूँगा।'

'हा··हा··हा··· अब मजा आएगा। माही तो बाहर आने से रही। ये इंतजार ही करता रह जाएगा।'

—अगली शाम—

"ऐ! ये दोनों इशारा क्या कर रहे हैं? अरे! ये तो सही में एक-दूसरे के चक्कर में आ गए! कोई मैसेज डालूँ क्या? लेकिन लिखूँ क्या? नीचे जाकर आराम से बैठकर सोचती हूँ।'

'क्या कर रहे हो नकुल?'

'तुम्हें याद··· माही! रात में पार्क के पास तुम्हारा इंतजार करूँगा।'

'हम्म···'

और क्या लिखूँ? समझ में नहीं आ रहा··· ये बच्चू तो रात में उसका इंतजार करने लगा है!

—अगले दिन—

'माही आज जल्दी आ जाना, कल की तरह ज्यादा देर इंतजार मत करवाना। लव यू।'

'हैं! यह क्या! ···जल्दी आ जाना!'

'···यानी माही सचमुच इस चपड़गंजू से मिलने लगी है! रात में जाकर देखना पड़ेगा।'

"ऐ रानी! कहाँ चल दी इतनी रात में ये कॉपी-किताब लेके? मालूम न है तुझे बाहर करोना घूम रहा···"

"अरे, मेरी दादी! करोना नहीं कोरोना ···कोविड-19।"

"हाँ, हाँ, वही ···लेकिन टू किधर जा रही?"

"दादी, बस यों गई और यों आई। माही को ये किताबें चाहिए। कल ऑनलाइन क्लास में उसे इसकी जरूरत है।"

"ठीक है। बाहर-ही-बाहर देकर आ। उसके घर के भीतर नहीं बढ़ेगी और हाँ! चुन्नी से अच्छी तरह मुँह ढक के जा।"

"ठीक है दादी।"

जल्दी भागूँ, वरना दादी का कोई भरोसा नहीं, पीछे से फिर आवाज लगाकर रोक दें।

अरे! ये क्या! ये दोनों तो इस सुनसान में छुपकर एक-दूसरे का हाथ थामे खड़े हैं! इनकी तो सही में लव स्टोरी स्टार्ट हो गई···

लॉकडाउन! तू जो न कराए वो कम··· मुझे अब कुछ और सोचना पड़ेगा।

तुझे छोडूँगी नहीं बच्चू···

□

लॉकडाउन में उसका खिलखिलाना

"हैलो"

"ओए रोहन, सुन न! सो रहा है क्या?"

"अबे, रात के ढाई बजे सोऊँ नहीं तो क्या तेरे जैसे भूतों की तरह दूसरों को फोन करता फिरूँ?"

"सुन तो··· सुन! सुन!"

"अरे, क्या सुन-सुन ···चल बोल, अब तो तूने जगा ही दिया···"

"उसका मैसेज आया है?"

"किसका मैसेज आया है, मेरे बाप?"

"अरे, उसी का ···तुझे बताया था न, वो इन्स्टावाली।"

"तेरी कोई एक-दो हों तो याद भी रहे ···यार! पचहत्तर तो हैं। अब ये कौन से नंबरवाली है?"

"ऐसे मत बोल, यार। यह सच्चीवाली है।"

"बेस्ट मिडनाइट जोक इन लॉकडाउन।"

"वेरी फनी! मजाक मत उड़ा, जब तुझे किसी से प्यार होगा न बेटे तब देखूँगा।"

"हाँ होगा। बेशक होगा, लेकिन 'किसी से प्यार' ···तेरी तरह से 'हर किसी से प्यार' नहीं।"

"चल छोड़ न ये सब ···बता न उसे क्या रिप्लाइ दूँ?"

"तू तो खुद एक्सपीरियंस्ड है, मुझसे क्या पूछ रहा है? बाय द वे उसने लिखा क्या है मैसेज में?"

"Hi!"

"क्या?" चीखते हुए।

"ओ, तुझे शरम नहीं आती! इस छोटी सी Hi! को तू मैसेज कह रहा है और इसका रिप्ल्याय क्या दूँ, यह पूछने के लिए मुझे इतनी रात में जगा दिया ···भक्क!"

"···ओए रोहन, सुन तो ···हैलो-हैलो"

"रोहन फोन काटकर सो गया। अभिनव इधर से हैलो-हैलो करता रह गया। उसने फिर फोन लगाया, लेकिन इस बार रोहन ने अपना मोबाइल स्विच ऑफ ही कर दिया था।"

अभिनव ने मैसेंजर पर निगाह डाली ···एक मिनट सोचा, फिर मुसकराते हुए लिखा—Hello!

तुरंत एक और मैसेज आया—'क्या कर रहे हो?'

'आधी रात को कोई क्या करेगा ···टाइम पास कर रहा हूँ, और क्या!'

'नींद नहीं आ रही?'

'इस लॉकडाउन में कोई सोए भी तो कितना? दोपहर भर सोया हूँ··· मुझे नहीं लगता यह लॉकडाउन अब कभी खत्म भी होगा। अब तो सोना-ही-सोना है।'

'हा··हा··हा··· मुझे लग रहा है कि तुम इससे बहुत बोर हो गए हो।'

'हाँ यार! हो तो गया हूँ। ऑफिस का काम भी ऑनलाइन, शॉपिंग भी ऑनलाइन···'

'···और हमारी चैटिंग भी ऑनलाइन।'

'हा··हा··हा··· सही कहा। अच्छा बताओ! तुम क्या करती हो?'

'मैं एक आईटी फर्म में सेल्स मैनेजर हूँ। आजकल हमारा ऑफिस भी ऑनलाइन ही है। सभी मीटिंग्स मीट पर या जूम पर··· इस वक्त दो ही चीजें छाई हुई हैं, एक कोरोनावायरस और दूसरा इंटरनेट पैक।'

अभिनव ने स्माइली भेज दी। चैटिंग का सिलसिला चल पड़ा और अब तो रोज ही दोनों तरफ से चैटिंग शुरू हो गई। दोनों काम के बीच-बीच में

चैटिंग करते रहते। अब लॉकडाउन से ध्यान हटाकर एक-दूसरे के इन्ट्रेस्ट में इन्ट्रेस्ट लेने लगे।

'क्या हो रहा है?'

'कुछ नहीं यार, एक रिपोर्ट बना रहा था बस! थोड़ी देर में बॉस हमारी क्लास लेनेवाला है न…'

'ओह! यह तो बड़ा सीरियस मैटर है। बनाओ-बनाओ, रिपोर्ट बनाओ। हम बाद में बात करते हैं।'

'थैंक्स यार।'

अभिनव दिन भर बिजी रहा। नूपुर भी अपने काम में व्यस्त हो गई। बीच-बीच में दोनों अपने मोबाइल उठाकर देख लेते, लेकिन किसी ने भी मैसेज भेजने में पहल न की।

रात में नूपुर ने लिखा—'कैसा रहा आज का दिन?'

तुरंत जवाब आया—'बस ठीक-ठाक ही निकल गया। और तुम बताओ, क्या किया पूरे दिन?'

'दो सौ सोलह बार हाथ धोए, एक सौ बीस बार सैनिटाइज किए…'

'ओके! समझ गया। यानी आज मैडम बहुत बोर हुईं।'

'हाँ यार, समझ में ही नहीं आ रहा था कि क्या करूँ? शाम को काफी देर बालकनी में बैठी रही। नॉवेल पढ़ती रही। कॉफी पी।'

'तुम्हें पढ़ने का शौक है?'

'हाँ!'

'क्या पढ़ती हो?'

'ज्यादातर नॉवेल …वैसे नॉन फिक्शन भी पढ़ना पसंद है मुझे। तुम्हें क्या-क्या पसंद है?'

'मुझे सुंदर लड़कियाँ देखना, चैटिंग करना, डेटिंग करना, पब्जी खेलना बहुत पसंद है।'

'ऐं! ये कैसे शौक हैं तुम्हारे?'

'क्यों! तुम्हें इतनी हैरानी क्यों हो रही है? मैडम! ज्यादातर लड़कों के

यही शौक होते हैं ···और हम इन कामों को बड़ा सीरियसली लेते हैं।'

'तुम्हारा मतलब है, सुंदर लड़कियों से चैटिंग करना, डेटिंग करना और पब्जी खेलना, सीरियस काम हैं? चलो अच्छा है, मैं तो कम-से-कम सुंदर नहीं!'

'···तो फिर तुम्हारे एकाउंट में ये डी.पी. किसकी है? और इन्स्टा फेसबुक पर जो प्रोफाइल पिक है वो?'

'अरे! वो तो मेरी सिस्टर की हैं।'

अभिनव का दिल बैठ गया, लेकिन अब लिखता भी तो क्या। उसे लगा कि इस बार उसका दिल लगने से पहले ही जैसे टूट गया है ···बुरा हो इस लॉकडाउन का, बिना देखे ही किसी लड़की के साथ पाँच दिन बरबाद कर दिए। अब रोहन को फिर एक मौका मिल जाएगा उसे सुनाने का कि उतर गया बुखार? दे दिया उसकी Hi! का जवाब?

···लेकिन अभिनव को एक बात पर हैरानी हो रही थी कि नूपुर ने उसके शौक जानकर भी रियेक्ट नहीं किया! उसने इतना साफ-साफ लिखा था कि 'मुझे सुंदर लड़कियाँ देखना, चैटिंग करना और डेटिंग करना···'

लेकिन फिर भी नूपुर ने पलटकर इसके बारे में कुछ नहीं पूछा? शायद उसने इस बात पर विश्वास ही न किया हो!

अकसर ऐसा ही होता है, सच-सच बताओ तो कोई विश्वास नहीं करता, लेकिन जरा भी झूठ बोल दो तो बाल की खाल निकालने बैठ जाते हैं लोग!

अगले दिन दोपहर तक दोनों की कोई बातचीत नहीं हुई। हमेशा की तरह अभिनव अपनी बड़ी बहन के साथ, रोहन के साथ और एक-दो और दोस्तों के साथ चैट करता रहा। ऑफिस का काम खत्म करके किचन में कुछ खाने के लिए बनाने चला गया। उसे कुकिंग का बचपन से ही बहुत शौक था। आज भी जब अपने घर जाता है तो माँ के पास किचन में ही खड़ा रहता है। उनसे बातें भी करता जाता है और वे कैसे पकाती हैं, यह भी सीखता जाता है। जब वह पहली बार अपने घर से दूर पढ़ने के लिए

हॉस्टल जा रहा था, तब माँ को बड़ी चिंता हुई थी कि उनका लाडला अब कैसे रहेगा? क्या खाएगा? अकेले कैसे अपना ध्यान रखेगा?

···लेकिन समय ने सब सिखा दिया। एक बार जो पढ़ने के लिए बाहर निकला तो फिर बाहर का ही हो गया। यही है जीवन! माँ-बाप अपने बच्चों को नाजों से पालते हैं ···अच्छी-से-अच्छी शिक्षा देते हैं। वे चाहते हैं कि उनका बच्चा जीवन में कामयाब बने ···और बच्चे अपने पंख पसारकर खुले आसमान में परिंदों की तरह उड़ने लगते हैं। कभी-कभी अपने घोंसलों में फिर लौटते हैं ···कुछ समय सुस्ताकर फिर उसी खुले आसमान में उड़ जाते हैं।

इनसान का बच्चा हो या परिंदों का, अपनी उड़ान खुद ही तय करता है।

अभिनव का बी.टेक. पूरा ही हुआ था कि उसकी बेंगलुरु में नौकरी लग गई। उसके साथ-साथ उसके बैचमेट्स रोहन की भी नौकरी यहीं लगी। दोनों को अच्छा पैकेज मिला था। दोनों के घरवालों को भी तसल्ली हुई कि चलो सुख-दुःख में दोनों दोस्त एक-दूसरे के साथ तो होंगे, अभी छोटे ही तो हैं और अपने-अपने घरों से दूर नौकरी करने जा रहे हैं।

रोहन और अभिनव ने मिलकर दो बेडरूम का एक फ्लैट किराए पर ले लिया था। कुछ दिन पहले ही किसी जरूरी काम से रोहन अपने घर गया हुआ था और तभी यह लॉकडाउन हो गया। किस्मतवाला था, जो घरवालों के साथ समय बिताने का मौका मिल गया उसे।

रात हो रही थी। अभिनव बार-बार नूपुर की डी.पी. देखता और फिर बंद कर देता। वह तय नहीं कर पा रहा था कि मैसेज करे या नहीं? उससे बात करना उसे अच्छा लगने लगा था, लेकिन···

वह स्क्रॉल करके कलवाली चैट फिर से पढ़ने लगा।

'चलो अच्छा है, मैं तो कम-से-कम सुंदर नहीं!'

'···तो फिर तुम्हारे एकाउंट में ये डी.पी. किसकी है? और इन्स्टा फेसबुक पर जो प्रोफाइल पिक है वो?'

'अरे! वो तो मेरी सिस्टर की हैं।'

अभिनव का दिल फिर बैठ गया। तभी उसके मोबाइल पर मैसेज

आया—'क्या हुआ ? आज तो तुम एकदम ही गायब!'

'नहीं! नहीं! ऐसी कोई बात नहीं ···बस थोड़ा बिजी था।'

'···पब्जी खेलने में ?'

'अभिनव ने स्माइली भेज दी ···फिर तुरंत पूछा—'फोन पर बात करें ?'

'ओके।'

जैसे ही नूपुर ने हैलो बोला, अभिनव को लगा जैसे हजारो घुँघरू टूटकर बिखर गए हों! इतनी मीठी और खनकती आवाज। वह बात करते-करते जब-तब हँस देती। उसकी हँसी अभिनव के कानों में रस की तरह घुल जाती।

"तुम्हारी हँसी बहुत प्यारी है।"

वह अभिनव की इस बात पर खिलखिलाकर हँसी ···और अभिनव बहक उठा।

अब तो अभिनव उसे देखने के लिए बेचैन हो रहा था, मगर अभी उसे वीडियो कॉल के लिए कहना ठीक नहीं लगा। उसने सोचा कि एक-दो दिन रुक जाना चाहिए। दोनों ने इधर-उधर की बातें कीं और सो गए।

अगले दिन बस 'गुड मॉर्निंग' मैसेज आया, इसके बाद फिर दोपहर निकल गई, मगर दोनों के बीच कोई बातचीत नहीं हुई।

तभी अभिनव के घर से फोन आया कि पापा की तबीयत ठीक नहीं है। इस लॉकडाउन में कोई टैक्सी भी नहीं मिल रही कि उन्हें अस्पताल ले जाया जा सके। बी.पी. बहुत हाई हो गया है। अभिनव यह सुनकर बेचैन हो उठा, लेकिन वह अपने घर से इतनी दूर था कि···

तभी उसने अपने फोन पर नजर डाली तो देखा कि इस बीच नूपुर ने उसे दो बार कॉल किया था।

"हैलो।"

"क्या हुआ ? आज तो तुमने कोई बात ही नहीं की! अभी तुम्हारा फोन भी बिजी जा रहा था।"

"वो घर से माँ का फोन आ गया था, उन्हीं से बात कर रहा था।"

"अरे! तो इसमें इतना लो साउंड क्यों कर रहे हो? सब ठीक है न घर में?"

"नहीं ···तभी तो परेशान हूँ। पापा का बी.पी. बहुत हाई हो गया है।"

"ओह! तुम्हारे पैरेंट्स तो दिल्ली में ही रहते हैं न?"

"हाँ। माँ परेशान हैं कि उन्हें हॉस्पिटल लेकर कैसे जाएँ? पापा ड्राइव कर नहीं सकते और न ही कोई टैक्सी चल रही है··· माँ गाड़ी चलाना जानती नहीं।"

"ओह! इस कोरोना ने सभी को हैल्पलेस कर दिया है। खैर! तो अब क्या कर रहे हैं वे?"

"पता नहीं यार, कैसे मैनेज कर रहे हैं दोनों! सिस्टर भी सुनकर परेशान हो गई। वह भी क्या करे बेचारी। वह पुणे में है। माँ ने पापा के डॉक्टर फ्रेंड को फोन किया था, उन्होंने कुछ दवाइयाँ मैसेज की हैं। लेकिन घर के आसपास के सारे मेडिकल स्टोर भी बंद हैं इस लॉकडाउन में··· मैं यहाँ से दवाइयाँ कुरियर कर रहा हूँ, पता नहीं वो भी कब तक पहुँचें···"

कुछ देर रुककर वह फिर बोला, "सॉरी यार, तुम्हें बोर कर रहा हूँ। तुम भी क्या सोच रही होंगी अपने मन में ···कितनी कंप्लेन करता है यह लड़का।"

"नहीं, इसमें कंप्लेनवाली क्या बात है। पैरेंट्स की चिंता तो हर बच्चे को होती है अभिनव। अच्छा सुनो! मुझे भी वो बी.पी. की दवाइयों वाला मैसेज फॉरवर्ड कर दो प्लीज।"

"क्यों! तुम्हें क्यों चाहिए?"

"मेरे पापा को भी बी.पी. की प्रॉब्लम होती रहती है।"

"ओके।"

फिर शाम तक दोनों हल्की-फुल्की बातें ही करते रहे। अभिनव को पछतावा भी हो रहा था कि उसे नूपुर के साथ अपनी फैमिली प्रॉब्लम नहीं डिस्कस करनी चाहिए थी। आखिर वो है ही कौन उसकी। ऑनलाइन मिली एक फ्रेंड ही तो··· ऐसी तो न जाने कितनी आती-जाती रही हैं उसकी जिंदगी में। फिर उसे लगा कि शायद इस लॉकडाउन ने ही उसे इमोशनली इतना

कमजोर बना दिया है कि वह उसके सामने अपनी पर्सनल बातें करने बैठ गया।

रात को पापा का हाल जानने के लिए अभिनव ने व्हाट्सएप ओपन किया तो माँ की डी.पी. बदली हुई थी। उनके साथ एक साँवली सी लड़की की तसवीर भी थी। अभिनव बहुत देर तक सोचता रहा कि यह उनकी कौन सी रिलेटिव या फैमिली फ्रेंड की बेटी है? उसे कोई ध्यान में नहीं आई। लड़की साँवली जरूर थी, मगर थी बहुत खूबसूरत। उसके चेहरे पर सादगी और आँखों में गजब की शांति थी।

अभिनव ने तुरंत अपने सिर पर खुद ही अपने हाथ से मारा और बड़बड़ाया—धत्त! अपनी रिलेटिव लड़कियों को देखना गंदी बात··· मुझे खुद पर कंट्रोल रखना चाहिए।

उसने माँ को फोन लगाया, "हैलो माँ! अब पापा की तबीयत कैसी है?"

"अब तो एकदम ठीक हैं। एक डोज तो उन्हें दवाइयाँ आते ही दे दी थी ···और अभी ही उन्होंने दूसरी डोज ली है। सोने ही जा रहे थे।"

माँ की आवाज से ही लग रहा था कि अब वे रिलैक्स हैं। वे बड़े ही प्यार से आगे बोलीं, "बेटा तेरे इतने लड़के-लड़कियाँ फ्रेंड्स हैं, लेकिन तेरी इस फ्रेंड की बात ही अलग है। बहुत ही प्यारी बच्ची है। जब तक यहाँ रुकी, लगा ही नहीं कि कोई गैर है। लगा जैसे मोनिका आ गई हो पुणे से···"

"एक मिनट! एक मिनट! अभी क्या बोला माँ आपने? मेरी फ्रेंड! कौन? कौन थी? नाम क्या था उसका?"

"अरे! वही तो है मेरी डी.पी. में मेरे साथ ···नूपुर···"

अभिनव का मुँह खुला-का-खुला रह गया। उसने बस इतना ही कहा, "हाँ माँ। आप अपना और पापा का ध्यान रखना। मैं कल फिर फोन करूँगा।

"खुश रह, बेटे।"

तभी नूपुर का व्हाट्सएप मैसेज आया—Hi ···और अब वही डी.पी. नूपुर ने भी लगा रखी थी।

अभिनव ने तुरंत वीडियो कॉल लगा दी। उधर से हलके गुलाबी कपड़ों

में एक सलोनी सी लड़की मुसकरा उठी। अभिनव कुछ पलों के लिए उसे देखता रहा।

"तुम आज मेरे घर गई थीं?"

"हाँ! देखो अब मुझे थैंक-यू मत बोलना। मैंने अपने पापा के लिए भी दवाई ली और तुम्हारे पापा के लिए भी ...तो हमारा हिसाब बराबर।"

उसकी इस शरारत भरी बात पर अभिनव अपनी हँसी नहीं रोक पाया।

"लेकिन मैडम, आपको मेरे घर का एड्रेस कहाँ से मिला?"

"देखिए मिस्टर! कुछ लोग अपने अपॉइंटमेंट लेटर की पिक को फेसबुक या इन्स्टा पर शेयर करते समय यह भूल जाते हैं कि उनका एन्वॉलप भी साथ में ही रखा हुआ है, जिसमें उनके घर का पूरा एड्रेस दिख रहा है।"

"ओह गॉड! मैंने ध्यान ही नहीं दिया।"

"नहीं, नहीं, कोई बात नहीं! वैसे भी कौन ध्यान देता है दूसरों के पते पर... वो तो हम जैसे कुछ सिरफिरे निकल आते हैं जो कुछ भी खोज निकालते हैं।" नूपुर हँस दी। अभिनव उसे एकटक देखे जा रहा था।

"नूपुर, मुझे सपने में भी आइडिया नहीं था कि तुम मेरे घर जाओगी। वैसे तुमने कभी बताया नहीं कि तुम भी दिल्ली में ही रहती हो!"

नूपुर खिलखिलाकर बोली—"तुमने कभी पूछा ही नहीं..."

नूपुर की खिलखिलाहट दोनों घरों में गूँज उठी।

(मेरे प्यारे पाठको! बस अब आगे कुछ मत पूछिएगा कि फिर क्या हुआ? कैसे बात शादी तक पहुँची? दोनों के घरवाले कैसे मिले?... लॉकडाउन खत्म होते ही हमें अभिनव और नूपुर की शादी में जाना है। तैयार रहिएगा।)

□

लॉकडाउन और ऑनलाइन प्यार

"हैलो"

कंप्यूटर स्क्रीन पर नजरे गड़ाए हुए ही उसने अपना मोबाइल कान से लगा लिया।

"रजत!"

उधर से अपने प्रोफेसर की आवाज सुनकर रजत सजग होते हुए बोला, "यस सर! सर गुड मॉर्निंग।"

"या, या, मॉर्निंग, मॉर्निंग ···और क्या हो रहा है यंग मैन?"

"बस सर, प्रोजेक्ट पर ही काम कर रहा हूँ।"

"गुड, वेरी गुड ···अच्छा सुनो! तुम्हारे इस रिसर्च प्रोजेक्ट में मेरे दो स्टूडेंट्स और जुड़ रहे हैं। एक यहीं यू.एस. से ही है एंड अदर वन फ्रॉम इंडिया।"

"ओके सर।"

इंडिया सुनकर रजत का मन खिल उठा, लेकिन अभी उसने अपनी भावनाओं पर कंट्रोल रखा और प्रोफेसर की आगे की बात ध्यान से सुनने लगा।

"रजत! जस्ट अभी मैंने तुम्हें दोनों के मोबाइल नंबर व्हाट्सएप कर दिए हैं।"

"जी सर, देख लिये।"

"गुड ···कॉर्डिनेट कर लेना।"

"ओके सर।"

"ओके, बाय ···और हाँ माय बॉय! इस कोरोना पीरियड में अपना ध्यान रखना।"

"यस सर··· सर, आप भी।"

"यस, यस।"

"प्रोफेसर सैम्युल अमेरिकन हैं और उनका रिसर्च स्टूडेंट रजत इंडिया से। यों तो उनके अंडर में रजत के अलावा सात स्टूडेंट्स और भी हैं, जो दुनिया के अलग-अलग देशों से आए हुए हैं और उनके प्रोजेक्ट पर रिसर्च कर रहे हैं। सैम्युल सर का दिल बहुत कोमल है। अपने स्टूडेंट्स के साथ उनका व्यवहार प्रोफेसर जैसा कम, बल्कि दोस्त जैसा ज्यादा रहता है। उनकी एक आदत थी, वे जब भी जोश में आते या बहुत खुश होते तो अपने स्टूडेंट्स को 'माय बॉय' कहकर संबोधित करते। उनके स्टूडेंट्स भी उन्हें बहुत पसंद करते थे और बेहद इज्जत देते थे।"

"रजत ने सर के भेजे नंबरों में से पहलेवाले नंबर पर कॉल लगाया।"

"हैलो! मैं रजत। यू.टी.डी. से··· मिस्टर सैम्युल ने···"

उसने बीच में ही रजत की बात काटते हुए कहा, "ओ यस! मैं जोसेफ। सर ने बताया था कि मेरा एक स्कॉलर फोन करेगा।"

"जोसेफ! मैं तुम्हारे साथ प्रोजेक्ट डिस्कस करना चाहता हूँ, ताकि काम आगे बढ़े। तुम यहीं यू.एस. में ही हो न?"

"हाँ ब्रो! पर अभी लॉकडाउन में यूनिवर्सिटी तो बंद है तो क्यों न हम ऑनलाइन मीटिंग कर लें? अपनी टीम के सभी लोग टाइम फिक्स कर लेते हैं।"

"ओके ब्रो, डन।"

रजत को जोसेफ से बात करके अच्छा लगा। टीम वर्क में सभी के बीच आपसी समझ और तालमेल होना बहुत जरूरी है। रजत को महसूस हुआ कि इसके साथ काम करके अच्छा लगेगा। अब उसने दूसरे नंबर पर फोन लगाया। पूरी घंटी गई, लेकिन उस तरफ से किसी ने फोन नहीं उठाया।

रजत खुद से ही बोला—'चलो, कॉफी बना लेता हूँ, तब तक ...शायद वो बिजी हो। थोड़ी देर बाद फिर करूँगा।'

रजत कॉफी का मग उठाकर बालकनी में आ गया। दोपहर थी मगर दूर-दूर तक कितना सन्नाटा ...कोई नजर नहीं आ रहा ...नजर आ रही है तो पार्किंग और उसमे खड़ी चमचमाती गाड़ियाँ। इस कोरोना की वजह से सभी की जिंदगी ठहर गई है। रजत बड़ी देर तक खड़ा इधर-उधर देखता रहा, फिर वहीं कुरसी पर बैठ गया। वह उन गाड़ियों को देखकर सोचने लगा कि पहले इसमें से अधिकतर गाड़ियाँ सुबह-सुबह ही सड़क पर निकल जातीं थीं, और अब इतने दिनो से सब यहीं खड़ी हैं। पर्यावरण को बचाने के लिए लोग सड़कों पर चिल्ला-चिल्लाकर इतने सारे कैंपेन चलाते रह गए, लेकिन अब जब खुद इनसान ही अपने-अपने घर के भीतर हो गए तो पूरी प्रकृति अपने आप ही ठीक होने लगी।

उसने आसमान को निहारा। कितना सुंदर लग रहा है, हलके नीले आकाश में सफेद-सफेद बदलियाँ ...मानो रुई के गोले बनाकर किसी ने उड़ा दिए हों। जबकि पहले आसमान में धुंध और गर्द ही समाई रहती थी। धुंध और गर्द के बारे में सोचते ही उसे अपने कानपुर की याद हो आई। प्रदूषण के मामले में उसके शहर कानपुर का कोई मुकाबला ही नहीं था। अमेरिका में वह कानपुर को याद भर कर सकता था। जैसा भी हो उसका शहर, उसे आज भी बहुत प्यारा था...

उसे माँ-पापा और छोटे भाई की याद आने लगी। उसने सोचा, इस वक्त यहाँ दोपहार हो रही है, लेकिन वहाँ तो रात होगी। वे लोग सो रहे होंगे। शाम होते ही वीडियो कॉल करूँगा।

कॉफी खत्म हो चुकी थी। रजत ने माइक्रोफोन ब्लूटूथ अपने एक कान में लगाया और उसी दूसरे नंबर को फिर से री-डायल किया। रिंग गई ...फिर बंद हो गई। पूरी रिंग जाने के बाद भी उस तरफ से फोन नहीं उठाया गया। रजत को थोड़ा अटपटा तो लगा कि कोई रिसर्च स्टूडेंट ऐसा कैसे कर सकता है कि फोन ही न उठाए ...और चलो किसी मजबूरी की वजह से न भी उठा

पाया हो तो कम-से-कम मिस कॉल देखकर रिप्लाई तो करे ···रिप्लाई तक नहीं किया! जैसे सैम्युल सर ने मुझे उसका नंबर दिया है वैसे ही उसे भी तो मेरे बारे में बताया होगा? उसे बताया तो होगा ही कि मैं उसे कॉन्टेक्ट करूँगा?

खैर! अब पाँच-छह घंटे बाद ही ट्राई करूँगा। क्या पता जल्दी सो जाता हो। वैसे भी इस समय इंडिया में अपनी फैमिली के साथ है··· अब सर का ऑर्डर है तो फोन तो करना ही पड़ेगा··· रजत खुद से ही बोला और फिर अपने रूटीन के कामों में व्यस्त हो गया। पूरा दिन निकल गया, फिर शाम को उसे फोन करने की बात याद आई। लेकिन ताज्जुब है, इस बार भी उसने फोन नहीं उठाया।

अब रजत को भी गुस्सा आ रहा था, हालाँकि वो बड़ा चिल रहता है, उसे जल्दी गुस्सा आता नहीं है, लेकिन जब बार-बार करने पर भी कोई आपका फोन न उठाए तो किसी को भी गुस्सा आ जाएगा···

उसने कुछ सोचा फिर अपने मोबाइल को दोबारा उठाया और उस नंबर पर एक मैसेज टाइप करने लगा।

'हे ब्रो! मैं रजत। होपफुली सैम्युल सर ने तुम्हें मेरे बारे में बताया हो। मैं तुम्हारा टीम में वैलकम करता हूँ। तुमसे रिसर्च प्रोजेक्ट के बारे में कुछ बात करनी थी। प्लीज कॉल बैक, ऐज़ सून ऐज पॉसिबल।'

···और मैसेज सैंड कर दिया।

रात को करीब दस बजे उस नंबर से फोन आया। रजत ने गुस्से की वजह से एक बार तो देखकर अनदेखा कर दिया। घंटी आती रही, मगर उसने नहीं उठाया। उसे ऐसा महसूस हो रहा था, जैसे फोन न उठाने से दिल को बड़ा सुकून मिल रहा हो। अब उसका गुस्सा थोड़ा कम हो गया था। कभी वह मोबाइल की स्क्रीन को घूरता तो कभी लैपटॉप पर अपना काम करने लगता। पाँच मिनट बाद फिर उसी नंबर से फोन आया। इस बार भी वह अनदेखा करने लगा।

···लेकिन फिर न जाने क्या सोचकर उठा लिया और कड़क आवाज में बोला, "हैलो!"

"हाय!" उस तरफ से शहद जैसी मीठी आवाज बिखर गई और रजत के कानों में घुलती चली गई।

इस बार रजत ने अपनी आवाज में कोमलता लाते हुए कहा, "मैं रजत··· सैम्युल सर ने इस नंबर पर कॉन्टेक्ट करने के लिए कहा था, हमारे रिसर्च प्रोजेक्ट के लिए···"

"ओ हाँ! उन्होंने मुझे तुम्हारे बारे में बताया था। बट सबसे पहले तो मैं तुमसे सॉरी बोलना चाहती हूँ, क्योंकि मैं तुम्हारा फोन नहीं देख पाई।"

"इट्स ओके ···कोई बात नहीं।"

"दरअसल मैं अपनी मॉम को लेकर कल से बहुत परेशान हूँ। उन्हें हॉस्पिटल ले जाना पड़ा। इन्हीं सबमें मैं इतनी बिजी रही कि अपना मोबाइल देख तक नहीं पाई। अभी घर लौटी हूँ ···और मोबाइल हाथ में लेते ही सबसे पहले तुम्हारा मैसेज पढ़ा।"

"ओह! फिर तो तुम बहुत थकी होंगी। एक काम करो, तुम फ्रेश हो जाओ और खाना खाकर आराम करो। हम कल सुबह बात करते हैं ···मेरा मतलब, कल जब तुम्हारी सुबह हो रही होगी और मेरी शाम।"

"आर यू श्योर?"

"यस-यस, पक्का ···बट बाय द वे तुम्हारी मॉम को क्या हुआ है? वे ठीक हैं न?"

"नहीं! टेस्ट में कोरोना के सिमटम्स मिले हैं। हॉस्पिटल में एडमिट करना पड़ा। मिलने की भी परमिशन नहीं है।"

"ओह! वेरी सैड। बट डोंट वरी, वे जल्दी ठीक हो जाएँगी। टेक केयर ···ओह! मैंने तुम्हारा नाम तो पूछा ही नहीं।"

"मयूरी।"

"ओके मयूरी, आज तुम आराम करो। कल डिटेल में बात करते हैं।"

"ओके, थैंक्स।"

"गुड नाइट, टेक केयर।"

मयूरी गुड नाइट बोलकर वहीं सोफे पर लेट गई। सोचा दो मिनट बदन

सीधा कर लूँ, फिर फ्रेश होने जाती हूँ, लेकिन बेहद थकी होने के कारण जल्दी ही उसकी आँख लग गई। जब उसकी आँख खुली तब सुबह के साढ़े छह बज रहे थे। उसे माँ की याद आने लगी। फोन पर उनसे बात की। माँ से बात करते-करते वह इमोशनल हो गई ...फिर हाथ-मुँह धोकर अपने लिए चाय बनाने लगी।

उसने जैसे ही मोबाइल हाथ में लिया तो देखा कि रजत का प्यारा-सा 'गुड मॉर्निंग' मैसेज आया हुआ है। वह मुसकरा दी और उसने भी जवाब में एक मैसेज भेज दिया।

तुरंत रजत का जवाब भी आ गया ...और दोनों में फॉर्मल चैट शुरू हो गई।

फिर मयूरी ने उसे फोन लगा दिया, "हाय! मैंने सोचा टाइप करने से बेहतर है, फोन पर ही बात कर ली जाए।"

"हाँ, बिल्कुल सही कहा तुमने।"

दोनों हँस दिए और बातों का सिलसिला चल निकला।

"मयूरी! तुम इंडिया में कहाँ हो?"

"नासिक। मैं पंद्रह दिन पहले ही यू.एस. से इंडिया आई थी, अपने घर। लेकिन अचानक लॉकडाउन हो गया और यहीं रह गई। रिटर्न फ्लाइट भी बुक थी।"

"कोई बात नहीं! इसी बहाने घरवालों के साथ रहने का मौका मिल गया, यह क्या कम है। काम तो ऑनलाइन भी हो जाएगा।"

"हम्म।"

"क्या हुआ! इतना लो साउंड क्यों किया तुमने?"

"रजत! मेरे परिवार में सिर्फ मैं और मॉम ही हैं। पापा बहुत पहले ही दुनिया से जा चुके हैं ...और मेरा कोई भाई-बहन नहीं है।"

उसके पिता के बारे में जानकर रजत को बहुत अफसोस हुआ, लेकिन अभी वो क्या कहे, उसे समझ में ही नहीं आ रहा था। तभी उसने वॉइस कॉल

को वीडियो कॉल में ट्रांसफर कर दिया, हालाँकि उसे दुविधा थी कि पता नहीं मयूरी रेस्पॉन्स देगी भी या नहीं!

…उसका अंदाजा सही निकला। मयूरी ने उसकी वीडियो कॉल डिस्कनेक्ट कर दी। अभी वे एक-दूसरे को जानते ही कितना थे!

तभी उसके मोबाइल में मैसेज आया, 'सॉरी, डिस्कनेक्ट करना पड़ा। नेटवर्क वीक है।'

'कोई बात नहीं। फ्री होकर फोन करना।'

'ओके।'

वह नहा-धोकर तैयार हुई। जल्दी-जल्दी अपने लिए नाश्ता बनाया और फिर रजत से अपने इस टीम-वर्क प्रोजेक्ट के बारे में फोन पर विस्तार से बात करने लगी।

रजत ने जोसेफ को भी कॉल पर ले लिया, ताकि ऑनलाइन मीटिंग के लिए तीनों के हिसाब से सूटेबल टाइम डिसाइड किया जा सके। रजत और जोसेफ के बीच तो टाइम जोन की समस्या नहीं थी, लेकिन मयूरी के साथ टाइम मिलाना जरूरी था, क्योंकि इस वक्त वह भारत में जो थी…

तय समय पर रजत ने मीटिंग के लिए लॉग-इन किया। जोसेफ और मयूरी भी तुरंत ही जॉइन हो गए। तीनों ने पहले तो एक-दूसरे को अपना औपचारिक परिचय दिया, फिर इसके बाद प्रोजेक्ट पर डिस्कशन करने लगे। तीनों साथ काम करने के लिए बेहद उत्साहित थे।

अब अकसर वे तीनों फोन पर, कभी चैट पर, तो कभी ऑनलाइन मीटिंग पर जुड़े रहते। कभी-कभी सैम्युल सर भी उनके काम की परफॉर्मेंस जानने के लिए या कोई गाइडेंस देने के लिए ऑर्गेनाइजर मीटिंग रख देते।

तीनों मेहनत से उस प्रोजेक्ट में जुट गए …अपने टास्क बिना देर किए करने लगे। अब तक तीनों में अच्छा तालमेल बन चुका था। ऐसा लगता ही नहीं था कि वे एक साथ नहीं, बल्कि दूर-दूर बैठे अपने-अपने सिस्टम पर काम कर रहे हैं। तीनों अकसर ही ऑनलाइन कनेक्ट रहते।

रजत ने महसूस किया कि मयूरी औरों से बहुत अलग है, वह उसे

काफी समझदार और मजबूत इरादोंवाली लड़की लगी। उसे हमेशा से ऐसी ही लड़की की तलाश थी, लेकिन अभी तक वह मयूरी के बारे में बहुत अधिक नहीं जान पाया था।

…और यह जरूरी भी तो नहीं था कि मयूरी के लिए जो भावनाएँ वह महसूस कर रहा था, वही मयूरी भी कर रही हो!

इधर मयूरी को बार-बार अफसोस होता कि उसे उस दिन रजत का वीडियो कॉल काटना नहीं चाहिए था। पता नहीं क्या सोचा होगा उसने मेरे बारे में। जरूर घमंडी या नैरो माइंडेड या फिर ओल्ड फैशन दकियानूसी लड़की समझ रहा होगा। खैर! अब कर भी क्या सकते थे, लेकिन उसे भी रजत अच्छा लगने लगा था। जैसा ड्रीम बॉय वह चाहती थी बिल्कुल वैसा…

"रजत जब भी वीडियो कॉल पर या मीट पर होता तो मयूरी को निहारता रहता। भले ही वह जोसेफ या सैम्युल सर को रिप्लाई दे रहा हो, लेकिन देख मयूरी की तरफ ही रहा होता और मयूरी भी बस रजत को ही निहारती रहती, पूरी मीटिंग में एकटक उसी को ताकती रहती …यही तो फायदा था स्क्रीन का, कौन किसे देख रहा है, किसी को भी नहीं पता चलनेवाला था… खुद रजत और मयूरी को भी नहीं…"

दोनों एक-दूसरे के दिल-ओ-दिमाग पर छा चुके थे …लेकिन एक-दूसरे की फीलिंग से अनजान अपनी-अपनी कल्पना के झूले में प्यार की पींगें लिये जा रहे थे।

रात को रजत के मोबाइल पर मयूरी का मैसेज आया—'रजत! कल सैम्युल सर ने मीटिंग रखी है, लेकिन मैं जॉइन नहीं कर पाऊँगी।'

'क्यों! क्या हुआ? सब ठीक है न? आंटी ठीक हैं?'

"हाँ, अब तक तो सब ठीक है। कल मॉम का टेस्ट होना है। तो मैं…'

"ओके, ओके, समझ गया। तुम टेंशन मत लो, मैं हूँ न! तुम बस आंटी का खयाल रखना और हाँ! अपना भी। हॉस्पिटल में पूरा प्रिकॉशन रखना। रात को उनकी रिपोर्ट के बारे में जरूर बताना …बट आई एम श्योर निगेटिव ही आएगी, देख लेना।'

'थैंक्यू रजत, थैंक्यू सो मच ···तुम कितने अच्छे हो! पता है, मैं कितनी परेशान हो रही थी ···तुमने मुझे एक सेकंड में ही रिलैक्स कर दिया।'

'इट्स माय प्लेजर डियर। आफ्टर ऑल वी आर टुगेदर ···अब इस पेंडेमिक के समय एक-दूसरे के काम नहीं आएँगे तो कब आएँगे।'

'या, यू आर राइट।'

अगले दिन मयूरी अपनी माँ के टेस्ट वगैरह में व्यस्त रही, हालाँकि उसे मिलने तक नहीं दिया गया।

इधर रजत और जोसेफ एक-दूसरे के साथ प्रोजेक्ट पर काम करते रहे।

लेकिन एक चीज और हो रही थी, जो रजत और मयूरी ही महसूस कर पा रहे थे। आज दिनभर दोनों ने एक-दूसरे से न तो बात की थी, न ही चैट, लेकिन फिर भी हर पल एक-दूसरे को याद करते रहे थे। मयूरी के बिना रजत का इस प्रोजेक्ट में मन ही नहीं लग रहा था। शाम को सैम्युल सर के साथ वीडियो कॉन्फ्रेंस में बस वे तीन ही थे। सर ने मयूरी के बारे में पूछा तो रजत ने उसकी माँ की बीमारी की बात उन्हें बताई। मीटिंग चलती रही, लेकिन रजत बार-बार अपने मोबाइल पर मयूरी की डी.पी. को जूम कर-करके देखता रहा। यह फोटो उसने बहुत जोर देकर डलवा ही दी थी। आज वह मयूरी को बहुत मिस कर रहा था। तभी अचानक मयूरी का मैसेज आया—

'मीटिंग में हो? सब ठीक है न?'

'डोंट वरी ···मैं हूँ न। तुम अपना और आंटी का खयाल रखो।'

उधर मयूरी वाकई बहुत व्यस्त थी। हॉस्पिटल पहुँचते ही वहाँ की तमाम औपचारिकताएँ, भाग-दौड़ में व्यस्त हो गई, लेकिन बीच-बीच में जब-तब उसे थोड़ी भी फुरसत मिलती तो रजत के पुराने मैसेज खोलकर पढ़ने लग जाती। अब तक न जाने कितनी ही बार उन्हें पढ़ चुकी थी।

कई बार उसके जी में आया कि रजत को मैसेज करे, लेकिन फिर न जाने क्या सोचकर रुक गई। शायद अभी वह माँ पर पूरा ध्यान देना चाहती थी।

जैसे ही उसे माँ की रिपोर्ट मिली और उसे पता चला कि नेगेटिव है तो

उसने राहत की साँस ली और उन्हें गले लगाने के लिए बेचैन हो उठी।

…लेकिन डॉक्टर ने रोक दिया—"नहीं! अभी आपको कुछ दिन और केयरफुल रहना पड़ेगा। इन्हें घर जरूर भेज रहे हैं, लेकिन अभी ये दो हफ्ते क्वारंटाइन रहेंगी, फिर इनका टेस्ट होगा। आई होप आप समझ रही होंगी। यह वायरस बहुत डेंजरस है, इतनी आसानी से…"

उसने डॉक्टर की बात बीच में ही काटते हुए निराशा भरी आवाज में कहा—"यस डॉक्टर। यू डोंट वरी। मैं ध्यान रखूँगी …कैन वी गो नाओ?"

"यस मयूरी। बट डोंट फॉरगेट …स्टिल कीप डिस्टेंस।"

"हम्म…"

घर पहुँचकर माँ चुपचाप अपने कमरे में चली गईं। मयूरी को उनका दुःख साफ नजर आ रहा था। वह भी तो माँ से दूर नहीं रह पा रही थी। वह सोफे पर बैठ गई। अपना मोबाइल देखने लगी …फिर माँ का नंबर डायल कर दिया।

माँ ने दो रिंग में ही फोन उठा लिया, मगर बोलीं कुछ नहीं। उनके रोने की मद्धम आवाज से मयूरी चौंक उठी।

"मॉम, आप रो रही हैं?"

"तू मेरे इतने पास है, लेकिन फिर भी मैं तुझे गले तक नहीं लगा सकती। आज एक ही घर में रहकर फोन से बात करनी पड़ रही है!"

"क्या कर सकते हैं मॉम! टाइम ही ऐसा है …हमारे कंट्रोल में कहाँ होता है सबकुछ!"

"हाँ बेटे! कितने अरमान होते हैं एक माँ के कि अपने बच्चे को प्यार करे, उसके साथ बैठे, उसे मनपसंस चीजें बना बनाकर खिलाए… एक मैं हूँ, पता नहीं कहाँ से यह कोरोना की बीमारी लगवा बैठी!"

"मॉम आप परेशान मत होइए। अब क्या कर सकते हैं! मैं भी आपको बहुत मिस करती हूँ। कितने मन से आपके पास कुछ दिन छुट्टियाँ बिताने आई थी …लेकिन अब यही सोच रही हूँ कि अच्छा ही हुआ जो मैं आ गई। अगर आप अकेली होतीं तो इस परेशानी में कौन आपका ध्यान रखता?"

"लव यू बेटे…"

"लव यू टू माँ …आप जल्दी से अच्छी हो जाइए बस! अब हँसिए नहीं तो मैं भी रोने लगूँगी। फिर सारे पड़ोसी आ जाएँ तो मैं रेस्पॉन्सिबल नहीं हूँ हाँ!"

"उसकी इस बात पर माँ हँस पड़ी …वह भी अपनी भीगी पलकें लिये हँसने लगी।"

"तभी रजत का मैसेज आया—"तुम घर आ गईं मयूरी? आंटी कैसी हैं?"

"मयूरी बहुत देर तक रजत के इस मैसेज को देखती रही, फिर उसने उसे कॉल लगा दी।"

"हैलो!"

"कैसी हो? क्या आया रिपोर्ट में?"

"तुमने तो पहले ही रिपोर्ट बता दी थी रजत।"

"यू मीन …नेगेटिव? थैंक गॉड। लेकिन एक बात बताओ, तुम इतनी उदास क्यों लग रही हो? क्या हुआ मयूरी?"

"कुछ नहीं यार, बस ऐसे ही आज हम माँ-बेटी इमोशनल हो गए। मॉम अभी दो हफ्ते क्वारंटाइन रहेंगी न …इसलिए एक छत के नीचे रहकर भी दूरी की बात सोचकर उदास हो गए।"

"ओह! ये तो वाकई उदास कर देनेवाली बात है। कितनी खुश हुई होंगी वे जब तुम यहाँ से इंडिया पहुँची होगी। अब खुद को इस बीमारी की वजह से हेल्पलेस फील कर रही होंगी।"

"हाँ रजत। पापा के जाने के बाद से हम दोनों ही एक-दूसरे को सँभालते आए हैं…"

"क्या हुआ था उन्हें? …सॉरी! मैं जान सकता हूँ न?"

रजत जल्दबाजी में पूछ तो बैठा, लेकिन थोड़ा सकुचा गया। पता नहीं क्यों आज मयूरी खुद को रोक नहीं पाई और उसने वॉइस कॉल वीडियो कॉल में कन्वर्ट कर दी।

दोनों एक-दूसरे को देखने लगे।

मयूरी ने बताया—"मैं बहुत छोटी थी रजत, कुछ धुँधली यादें ही हैं मेरे साथ। पापा अपने बिजनेस में हुए किसी लॉस को लेकर बहुत परेशान रहने लगे थे और मॉम उन्हें समझाती रहतीं कि 'मैं भी तो जॉब कर रही हूँ, आप परेशान मत होइए। सब ठीक हो जाएगा।' हमें वे यही दिखाते कि वे ठीक हैं, लेकिन मन-ही-मन घुटते जा रहे थे शायद ...और एक रात हार्ट अटैक के साथ ही हमेशा-हमेशा के लिए हमें अकेला छोड़कर चले गए।"

"वह कुछ सेकंड के लिए चुप हुई, फिर आगे बोली, "उनके जाने के बाद रिश्तेदारों ने भी कुछ दिनों तक ही हमारी सुध ली ...फिर सब अपने-अपने में मगन हो गए। बड़े होते-होते मैंने जाना कि मुसीबत के समय जो साथ दे, वही अपना होता है। वरना सिर्फ अपना कह देने भर से हर कोई अपना नहीं हो जाता।"

इतना कहते-कहते मयूरी रो दी। रजत की आँखें भी नम हो आईं। उसका जी चाहा कि मयूरी को गले लगा ले ...अपने हाथों से उसके आँसू पोंछ दे।

उसने अपनी हथेली आगे बढ़ाई और झूठ-मूठ में उसके आँसू पोंछने लगा। मयूरी को उसका यह अपनापन बहुत अपना-सा लगा।

मानो कोई भरी हुई बदली ऊँचे पर्वत से छू गई हो... मयूरी के मन के बादल बरस पड़े ...वह फूट-फूटकर रोने लगी। एकाएक रजत ने भी अपनी दोनों बाँहें खोल दीं और उसे अपने आलिंगन में आने का अनुरोध करने लगा। दोनों एक-दूसरे की बाँहों में समाते भी तो कैसे, उनके बीच में दो मोबाइलों की स्क्रीन थी ...लेकिन यही स्क्रीन उन्हें एक भी किए हुए थी।

रजत ने प्यार से बाँहें फैलाए हुए ही कहा—"मैं हूँ न..."

"दिन बीतने लगे। अब तक दोनों के बीच प्यार का इजहार शब्दों में नहीं हुआ था, लेकिन प्यार पूरी तरह से परवान चढ़ चुका था।"

माँ भी अब पूरी तरह से ठीक हो गई थीं और जी-भरकर बेटी पर अपना प्यार लुटा रही थीं।

इस बार कोई बड़ी शिद्दत से सात समंदर पार बैठा उसका इंतजार कर रहा था। रजत और मयूरी दोनों बड़ी बेसब्री से लॉकडाउन खुलने का इंतजार करने लगे।

समय बीता और स्टेज-बाय-स्टेज लॉकडाउन खुलने से साथ-साथ सरकार ने कुछ निर्देशों का पालन करने पर यात्रा करने की छूट भी जारी कर दी।

एक सप्ताह बाद ही मयूरी की यू.एस. की फ्लाइट थी।

माँ एयरपोर्ट तक बेटी को छोड़ने आईं और मजे की बात यह थी कि रास्ते भर दोनों एक-दूसरे को कोरोना से बचकर रहने और सावधानियाँ बरतने की सलाह देती रहीं।

माँ ने बेटी को नम आँखों से विदा किया। एयरपोर्ट में प्रवेश करने से पहले मयूरी का फॉर्मल चेकअप हुआ। वह यू.एस. की ओर उड़ चली। वहाँ यू.एस. में भी एयरपोर्ट से बाहर निकलने से पहले फिर एक बार उसका फॉर्मल चेकअप हुआ।

सब नॉर्मल था, लेकिन सुरक्षा के लिए उसे दो हफ्ते खुद को क्वारंटाइन तो रखना ही होगा।

एयरपोर्ट से बाहर निकलकर उसने देखा कि बरसात हो रही है।

टैक्सी लेनी होगी··· फिर सोचा, पहले रजत को अपने आने की सूचना दे दूँ। जैसे ही उसने मोबाइल की ओर देखा, रजत का मैसेज था—'सामने देखो! मैं हूँ न···'

वह इधर-उधर देखने लगी। तभी उसका फोन बज उठा—"मैडम! अपनी नाक की सीध पर चली आइए। आपका पर्सनल ड्राइवर गाड़ी के साथ हाजिर है। सिक्योरिटीवाले मुझे वहाँ तक आने नहीं देंगे, इसलिए हमारे बीच की यह दूरी तो तुम्हें चलकर ही पार करनी पड़ेगी।

अब तक मयूरी की नजर भी रजत पर पड़ चुकी थी। उसने हँसकर कहा—"यह दूरी भी कोई दूरी है? ओ मिस्टर! मैं तो तुम्हारे लिए इंडिया से उड़कर चली आई हूँ···"

"दोनों एक-दूसरे से लिपट गए। बरसात तेज होती जा रही थी; और तेज होती जा रही थी दोनों की बाँहों की कसावट। उन्हें कुछ होश ही न था, बड़ी देर से ऐसे ही एक-दूसरे में खोए रहे ···तब तक यों ही आलिंगन में बँधे रहे, जब तक एक गार्ड ने आकर उन्हें वहाँ से जाने के लिए नहीं कह दिया···"

□

लॉकडाउन और तुम्हारे फूलों का गुलदस्ता

"रमा! तुम रोज-रोज क्यों परेशान होती हो? रोज अस्पताल मत आया करो।"

"कैसी बातें कर रहे हो! मैं तो रोज दो बजने का इंतजार करती हूँ, ताकि तुमसे मिलने आ सकूँ।"

घनश्यामजी बयासी साल के हैं और उनकी पत्नी रमा अस्सी की। घनश्याम जी पिछले पंद्रह दिनों से हॉस्पिटल में एडमिट हैं। पंद्रह दिन पहले की ही बात है, वे और उनकी पत्नी हर रोज की तरह घर के नजदीकवाले पार्क में सुबह की सैर कर रहे थे कि तभी घनश्यामजी का दायाँ पैर एक पत्थर से टकराया और वे लड़खड़ाकर गिर पड़े। वे हमेशा ही सावधानी से चलते थे, लेकिन उस दिन पता नहीं कैसे यह हादसा हो गया! आसपास टहल रहे लोग दौड़कर पास आ पहुँचे। रमाजी पति को सहारा देकर उठाने की कोशिश करने लगीं, लेकिन उनके भीतर भी इतनी ताकत कहाँ थी! तभी एक युवक आगे आया और उसने उन्हें सहारा देकर उठाया और चलाने की कोशिश भी की। दर्द इतना तेज था कि घनश्यामजी खड़े भी नहीं हो पा रहे थे, चलना तो दूर की बात थी। वहाँ मौजूद लोगों को लगा कि मामला गंभीर हो सकता है, इसलिए उन्होंने पैर पर और जोर न डालने के लिए कहा। साथ-ही-साथ सभी ने यह सलाह दी कि उन्हें तुरंत अपने पैर का एक्स-रे करवा लेना चाहिए।

भला हो उस युवक का जो खुद अपनी गाड़ी से दोनों को अस्पताल ले गया और घनश्यामजी के एडमिट होने तक उनके लिए भाग-दौड़ करता रहा।

एक्स-रे में आया था कि हड्डी टूट गई है और बिना रॉड के सहारे जुड़नी असंभव है। वैसे भी इस उम्र में हड्डी इतनी आसानी से कहाँ जुड़ पाती है!

खैर··· घनश्यामजी का ऑपरेशन हुआ और रॉड डाल दी गई।

अस्पताल की व्यवस्था काफी अच्छी थी। भोजन भी वहीं से दिया जाता था। हर मरीज को उसकी बीमारी के अनुरूप ही भोजन मिलता था। अस्पताल का यह नियम था कि विजिटर्स दोपहर दो बजे ही मरीजों से मिल सकेंगे, इसलिए उनकी पत्नी रोज नियम से दो बजे उनसे मिलने आती थीं।

घनश्यामजी को सेब बहुत पसंद थे। वे अकसर पत्नी को बताते भी थे कि 'मेरी माँ बचपन से ही मुझे रोज एक सेब खिलाती थीं। उन्होंने हमारे पूरे परिवार को रोज एक सेब खाने की आदत डाल दी थी।'

माँ कब की दुनिया से चली गईं और अब तो वे खुद भी बयासी के हो रहे थे, लेकिन उनकी रोज एक सेब खाने की आदत कभी नहीं छूटी। शादी के बाद उन्होंने यही आदत अपनी पत्नी को और फिर रोहित के पैदा होने के बाद उसे भी डाली। रोहित को खोने का दर्द दोनों पति-पत्नी को हमेशा ही सालता रहा है। एक रोड-एक्सीडेंट में उनका जवान बेटा उन्हें छोड़कर हमेशा-हमेशा के लिए चला गया था···

एक लंबे अरसे से दोनों पति-पत्नी ही एक-दूसरे का सहारा थे। उनमें आपस में प्यार भी बहुत था। बीते पंद्रह-बीस सालों से किसी ने भी उन्हें कहीं अकेले आते-जाते नहीं देखा। दोनों जहाँ भी जाते, साथ ही जाते। फिर चाहे सुबह-शाम की सैर हो या किसी रिश्तेदार-मित्र के यहाँ जाना···

हाँ तो मैं यह बता रही थी कि अब अस्पताल में भी रमाजी रोज नियम से अपनी टोकरी में एक सेब, एक चाकू, एक कद्दूकस, दो छोटी तश्तरियाँ और एक चम्मच डालकर लातीं। वे ठीक दो बजे रतन के साथ पहुँच जाती थीं। उनका सहायक रतन उनके साथ बहुत छोटी उम्र से रह रहा था। इन दोनों ने ही रतन को पढ़ाया-लिखाया। इन दोनों ने बड़े होने पर उसे काफी समझाया भी कि अब वह शादी कर ले, लेकिन उसने न तो शादी की और न ही कभी इन दोनों को छोड़कर ही गया। अब तो रतन की उम्र भी पचास-

पचपन के आसपास होगी। वही इनका ड्राइवर, नौकर, माली, सहायक सबकुछ था। रमाजी रोज उसके साथ ठीक दो बजे अस्पताल आ जातीं। जब तक वे पति के पास रहतीं, तब तक रतन पार्किंग में गाड़ी में रहता।

रमाजी पति के पास स्टूल पर बैठ जातीं और बातें करते-करते ही बड़े स्नेह से सेब छीलती जातीं, फिर उसे कद्दूकस करतीं। दरअसल अब वे दोनों ही पिछले कुछ सालों से चीजें चबा नहीं पाते थे। इसके बाद रमाजी वह कद्दूकस किया सेब एक-एक चम्मच करके उन्हें अपने हाथों से खिलातीं। बीच-बीच में वे खाना रोक देते और अपनी तरफ बढ़ी हुई चम्मच पत्नी की तरफ मोड़ देते और उनसे जिद करते कि तुम भी खाओ। रमाजी मुसकराते हुए खा लेतीं।

हॉस्पिटल का पूरा स्टाफ, सभी डॉक्टर्स दो ही दिनों में इस जोड़े के प्रेम से वाकिफ हो चुके थे। वे सभी इन दोनों को प्यार से 'दादाजी' और 'दादीजी' कहकर संबोधित करने लगे। घनश्यामजी की हड्डी जुड़ने में काफी समय लग रहा था, जो कि जाहिर है कि इस उम्र में बहुत कठिन काम होता है। पूरी तरह से ठीक हो जाने के बाद ही उन्हें डिस्चार्ज किया जाना था।

…लेकिन इस दौरान एक ऐसी खबर आने लगी, जिसने समूचे विश्व को चिंता में डाल दिया।

रमाजी सेब छीलते हुए पति को बता रही थीं, "आपको पता है कल समाचार में दिखा रहे थे कि चीन के वुहान में जो बीमारी फैली थी, कोरोना, अब वह पूरे विश्व में फैलने लगी है। अमेरिका, कनाडा, रूस सभी जगह से केस आ रहे हैं। यह कोरोना वायरस एक से दूसरे इनसान में छूने भर से फैल रहा है।"

"अरे! यह तो चिंता की बात है। अपने देश के हालात कैसे हैं?"

"सावधानी बरतने के लिए कहा तो जा रहा है। केस तो यहाँ भी मिल रहे हैं। मुझसे पहले तो तुम्हें ही पता चल जाएगा। तुम अस्पताल में जो हो…"

"यहाँ तो तरह-तरह के मरीज और तरह-तरह की खबरें आती रहती हैं।"

"तुम ज्यादा चिंता मत करना। दूसरे मरीजों को देखकर कुछ भी नेगेटिव

मत सोचना। तुम जल्दी ही ठीक होकर घर आ जाओगे, देखना"—उन्होंने बड़े स्नेह से पति की बाँहों को सहलाते हुए कहा।

घनश्यामजी ने भी उनका हाथ अपने हाथों में ले लिया और बोले, "सही कह रही हो तुम। मैं बिल्कुल नेगेटिव नहीं सोचूँगा। मैं भी जल्दी ही घर लौटना चाहता हूँ।"

"तुम्हारे बगैर घर बहुत सूना-सूना लगता है। तुम्हारे दोस्त भी तुमसे मिलना चाहते हैं। तुम्हारी हालत के बारे में जानकर परेशान हैं। जब तुम ठीक हो जाओगे तो हम फिर सैर के लिए चला करेंगे।"

"अच्छा सुनो! तुम रोज सैर करती हो न? बंद तो नहीं किया?"

"करती हूँ, लेकिन घर के लॉन में··· तुम्हारे बगैर पार्क में जाने का मन ही नहीं होता।"

"ऐसा मत करो, रमा। अच्छा! सच-सच बताना, खाना समय पर खाती हो?"

"हम्म···"

वे समझ गए कि उनकी पत्नी उनके बगैर अपना पूरा ध्यान नहीं रख रही हैं। दोनों कभी अलग रहे भी तो नहीं हैं ···वो तो इस हादसे की वजह से यह नौबत आ गई।

"रमा! तुम अपने लिए नहीं तो मेरे लिए ही अपना ध्यान रखो।"

"तुम बस जल्दी से ठीक होकर घर लौट आओ।"

दोनों भावुक हो उठे।

तभी वहाँ नर्स आ गई और रमाजी को उनके पति की शिकायत करने लगी।

"दादीजी! मुझे आपसे दादाजी की शिकायत करनी है।"

"क्यों! क्या हुआ?"

"ये बहुत परेशान करते हैं हम सभी को। इंजेक्शन ही नहीं लेते। खाने में भी बहुत नखरे दिखाते हैं। अब आप ही बताइए, इंजेक्शन नहीं लेंगे तो हड्डी जल्दी कैसे जुड़ेगी?"

रमाजी पति को गुस्से से घूरने लगीं और उनके पतिदेव उस नर्स को···

"खाने में मीठा माँगते रहते हैं। अब आप ही बताइए दादी कि ये ज्यादा मीठा खाएँगे तो इनकी शुगर कैसे कंट्रोल में रहेगी?"

"बेटी, तुम बिल्कुल सही कह रही हो।"

फिर वे पति को डाँटने लगीं—"क्यों जी! आप मानते क्यों नहीं इनकी बात? बेचारे आपको ठीक करने के लिए ही तो इतनी मेहनत करते हैं न? क्या बच्चों को ऐसे परेशान किया जाता है? ये बेचारी आपकी पोती जैसी है···"

"अरे रमा, तुम्हें नहीं पता··· ये भी मुझे बहुत परेशान करती है। इतनी बार कहा कि इंजेक्शन मत लगाओ, दवाई खिला दो, मगर सुनती ही नहीं।"

"अच्छा दादीजी, अब आप ही बताइए, इंजेक्शन तो लगाने पड़ते हैं न?"

"हाँ बेटा, लगाने पड़ते हैं। अच्छा सुन! तू एक काम कर, इन्हें मेरे सामने इंजेक्शन लगा, मैं भी देखती हूँ कि कैसे नहीं लगवाते?"

"हाँ, यह आइडिया अच्छा है। अब से मैं इन्हें रोज इसी समय इंजेक्शन दिया करूँगी। ये आपके अलावा किसी से नहीं डरते। दादी, पता है! कल तो दादाजी ने इसी बात के लिए बड़े डॉक्टर साहब को भी डाँट दिया।"

"अरे! आप ऐसा करते हैं? देख लीजिए फिर··· यदि आप यहाँ सबकी बात नहीं मानेंगे तो मैं आपसे नाराज हो जाऊँगी और फिर मिलने नहीं आऊँगी।"

"नहीं, नहीं, प्लीज रमा, मिलने जरूर आना। अच्छा, अब मैं इनकी सब बातें मान लूँगा।"

···लेकिन रमाजी की जुबान से झूठ-मूठ में ही निकली यह बात सच हो गई। मोदीजी ने कोरोना से निपटने के लिए इक्कीस दिन का देशव्यापी लॉकडाउन घोषित कर दिया ···और इसी के साथ-साथ रमाजी को भी अस्पताल के अंदर आने और घनश्यामजी से मिलने की पाबंदी हो गई। जो जहाँ था, वहीं रह गया। सब थम गया। लेकिन भावनाएँ कहाँ थमती हैं। वे तो बहती रहती हैं··· सतत··· निरंतर···

इन दोनों के लिए आपस में न मिल सकना बहुत ही कष्टदायक था।

अगले दिन रमाजी ठीक डेढ़ बजे अपनी टोकरी लिये, तैयार खड़ी थीं।

"अरे रतन! गाड़ी निकालो। तुम्हारे बाबूजी इंतजार कर रहे होंगे।"

"लेकिन अम्माजी, बाहर तो सब लॉकडाउन है!"

"हाँ, तो हम कौन सा नियम तोड़ रहे हैं बेटा? गाड़ी के अंदर बैठे-बैठे जाएँगे और उनसे मिल के तुरंत घर वापस लौट आएँगे।"

नौकर का काम तो आदेश पालन करना होता है, ज्यादा बहस तो कर नहीं सकता था, इसलिए वह कार की चाबी लेकर बाहर निकल गया।"

रमाजी को रास्ते में पुलिसवालों ने रोका, लेकिन उन्होंने पति की बीमारी के विषय में बताया तो उन्हें सावधानियाँ बरतने की हिदायत के साथ जाने दिया गया।

...लेकिन हॉस्पिटल में पहुँचने के बाद उन्हें गेट पर ही रोक दिया गया। चूँकि अब वहाँ बड़ी संख्या में कोरोना पेशेंट भर्ती हो रहे थे, इसलिए सुरक्षा की दृष्टि से विजिटर्स की एंट्री अस्थायी तौर पर बंद कर दी गई थी। रमाजी निराश हो उठीं। काफी देर बेंच पर उदास बैठी रहीं, फिर चलने को हुई ही थीं कि उन्हें वही नर्स दिख गई, जो उस दिन उनसे उनके पति की शिकायत कर रही थी। रमाजी ने उसे पास आने का इशारा किया।

"अरे दादीजी! आप यहाँ क्यों आईं? आपका यों आना अब सेफ नहीं है। आप घर जाइए और हाँ! दादाजी यहाँ एकदम अच्छी तरह से हैं। हम सब लोग हैं न उनका ध्यान रखने के लिए। आप घर जाइए।"

"बेटे, मुझे पता है कि तुम लोग उनका बहुत ध्यान रखते हो, लेकिन क्या मेरा एक काम करोगी?"

"जी कहिए!"

"बेटे, मैं ये सेब लाई थी, उनके लिए। वे रोज खाते हैं, नियम से। क्या तुम उन्हें खिला दोगी?"

पहले तो नर्स झिझकी, क्योंकि यह उसकी ड्यूटी का पार्ट नहीं था, लेकिन फिर स्नेह से भरकर बोली—"ठीक है दादीजी। आप एक काम

कीजिए, रोज की तरह इसे कद्दूकस करके दे दीजिए और मैं दादाजी को खिला देती हूँ जाकर।"

"शुक्रिया, बेटे।"

वे गाड़ी में जाकर बैठ गईं। जल्दी-जल्दी से उसे छीलकर कद्दूकस किया। फिर एक चम्मच रखकर तश्तरी उस नर्स के देते हुए बोलीं—"बेटा अभी ही खिला देना, वरना काले पड़ जाएँगे।

"जी दादीजी।"

उसे आशीष देते हुए वे बुझे मन से घर लौट आईं।

अगले दिन भी उन्होंने गाड़ी निकलवाई और ठीक दो बजे अस्पताल पहुँच गईं। आज वे एक छोटे से टिफिन में पहले से कद्दूकस किया सेब लेकर आई थीं और साथ ही एक छोटी सी चिट्ठी भी।

वे रिसेप्शन से उचक-उचककर भीतर देख ही रही थीं कि उसी नर्स की निगाह आज फिर उन पर पड़ गई।

"दादीजी, आप आज भी आ गईं?"

"बेटे, मैं तो कल भी आऊँगी। क्या तुम उन्हें ये सेब…"

उनकी बात पूरी होने से पहले ही नर्स ने हाथ से वो टिफिन ले लिया।

"बेटे, मेरी तरफ से यह चिट्ठी भी उन्हें दे देना प्लीज।"

नर्स ने उनके हाथ से वो चिट्ठी भी ले ली और फिर उनकी ओर प्यार से देखकर मुसकराते हुए बोली—"दादीजी, मेरा नाम मायरा है।"

"शुक्रिया, मायरा बेटा।"

अब तो यह रोज का सिलसिला हो गया। दादीजी एक टिफिन में सेब, चम्मच और एक चिट्ठी लेकर रोज दो बजे पहुँच जातीं और मायरा दौड़कर उनके पास आती, पिछले दिन का टिफिन उन्हें वापस लौटाती और नया लेकर हँसते हुए भीतर चली जाती। वह रोज दादाजी की कुशलता के बारे में भी उन्हें बताती थी।

अब मायरा खुद ही दो बजे उनका इंतजार करने लगी। उसे जिज्ञासा होती कि दादी इस उम्र में अपने पति को चिट्ठी में लिखती क्या होंगी? एक

दिन उससे नहीं रहा गया और उसने उनका खत खोलकर पढ़ ही लिया।

सुनो! मायरा बिटिया के हाथों सेब और यह चिट्ठी भेज रही हूँ। सेब खा लेना प्लीज। और हाँ! यहाँ किसी को परेशान मत करना। देखो तुम्हें जल्दी घर लौटना है न? इंजेक्शन जरूर लगवा लेना, बच्चों की तरह जिद मत करना।

तुम्हारी रमा

अगले दिन उन्होंने लिखा था—

सुनो! कल मायरा ने बताया कि तुम्हारा एक्स-रे हुआ है और अब तुम्हारे पैर की हड्डी काफी ठीक हो रही है। काश! मैं तुम्हारे साथ होती। लेकिन तुम जरा भी उदास मत होना, क्योंकि मैं हमेशा तुम्हारे पास ही हूँ। तुम अपने मन में पॉजिटिव बातें ही सोचना। अस्पताल में रोज नए-नए पेशेंट आते होंगे, तुम उन्हें देखकर निराश मत होना। तुम्हें जल्दी से वापस घर आना है न?

तुम्हारी रमा

आज मायरा ने एक काम किया। घनश्यामजी के पास वार्ड में जाने से पहले अस्पताल के बगीचे से एक गुलाब का फूल भी तोड़ लिया। उसने चिट्ठी के साथ वह फूल उन्हें देते हुए कहा—"दादाजी, ये दादीजी ने दिया है आपके लिए।"

फिर टिफिन खोलते हुए बोली—"आ कीजिए।"

लेकिन यह क्या! वह चम्मच आगे किए उनके मुँह खोलने का इंतजार कर रही थी, जबकि वे उस चिट्ठी को अपने सीने से लगाए फूल की खुशबू में खोए हुए थे। मायरा उनका प्यार देखकर भावुक हो उठी।

अब वह रोज ही टिफिन और चिट्ठी के साथ-साथ अपनी तरफ से एक गुलाब भी उन्हें देने लगी, लेकिन कहती यही कि दादीजी ने दिया है।

दादाजी को यहाँ आए दो महीने हो चुके थे।

दादाजी अब ठीक हो गए थे। आज उन्हें अस्पताल से डिस्चार्ज किया जाना था। दादाजी सावधानी से व्हीलचेयर पर बैठ गए और मायरा खुद उनकी व्हीलचेयर बाहर रिसेप्शन तक लेकर चल दी। रिसेप्शन में पहुँचते ही दादीजी

मास्क पहने उनके सामने आकर खड़ी हो गईं। मायरा के साथ और दो नर्सें भी थीं। वे डॉक्टर जो अब तक दादाजी की देख-रेख कर रहे थे, वे भी वहाँ आ पहुँचे। एक नर्स के हाथ में दादाजी की सभी चिट्ठियाँ और गुलाब के सूखे फूल थे। मायरा के हाथ में गुलाब का एक ताजा फूल था। उसने चुपके से रमाजी को वह फूल देते हुए कहा—"दादीजी! यह दादाजी को दीजिए।"

जैसे ही दादीजी ने नीचे छुककर वह फूल दादाजी को दिया, सभी ने धीरे से तालियाँ बजाईं। वहाँ मौजूद सभी की आँखें नम हो उठीं।

रतन ने कार अस्पताल के रिसेप्शन के ठीक सामने लाकर खड़ी की और दादाजी व दादीजी पिछली सीट पर बैठ गए। मायरा ने उनकी कार का दरवाजा बंद कर दिया। कार घर की ओर चल दी। वे दोनों सभी को हाथ हिलाते हुए बाय कर रहे थे। मायरा और बाकी लोग भी उन्हें नम आँखों से हाथ हिलाकर विदा दे रहे थे।

दोनों कार की पिछली सीट पर बैठे थे और उन दोनों के बीच में एक टिफिन, एक चम्मच, चिट्ठियों का बंडल और गुलाब के कुछ सूखे और कुछ अधसूखे फूलों का बंच रखा हुआ था। तभी रमाजी ने इतने सारे गुलाब के फूलों के उस बंच को हाथ में लेते हुए पूछा, "ये आपको किसने दिए?"

"तुम्हीं तो देकर जाती थीं⋯"

"लेकिन मैं तो केवल सेब और चिट्ठी ही⋯ ओह! समझ गई।"

कौन कहता है कि रिश्ते सिर्फ खून के ही होते हैं⋯

□

लॉकडाउन में मिले दो दीवाने

“ट्रिंग-ट्रिंग…”

“हाय मेघा! कैसी है?”

“बहुत बोर हो रही हूँ यार! अभी-अभी ऑफिस की ऑनलाइन मीटिंग खत्म हुई तो FB पर आ गई। इतने दिनों बाद FB पर आई हूँ तो देख रही हूँ कि कितने मैसेज भर गए हैं!”

“हाँ! मैंने भी ध्यान दिया था कि तू पिछले काफी समय से FB पर नहीं आई। आजकल तू इन्स्टा से भी गायब है…”

“यार क्या बताऊँ! अब सब बोरिंग लगने लगा है, पता नहीं ये लॉकडाउन कब खत्म होगा…”

“हो जाएगा मेरी जान! तू इतनी परेशान मत हो। अच्छा ये बता, तेरी जॉब कैसी चल रही है?”

“कुछ मत पूछ रुचि, आज गई कि कल गई वाली हालत बनी हुई है। इतना खड़ूस बॉस है कि हर रोज मीटिंग में एक ही बात पूछता है—कितने ऑर्डर उठाए?”

“अरे! ये क्या बात हुई? इस समय सब जगह लॉकडाउन चल रहा है, इस समय बंदा ऑर्डर कहाँ से लाएगा?”

“देखा न? इतनी सिंपल सी बात तुझे भी समझ में आती है, लेकिन उस अक्ल के दुश्मन को यह बात समझ ही नहीं आती। उसका सीनियर उसे प्रेशर देता है और चह हमें घुड़कने लगता है।”

"हम्म··· इन एमएनसीज में ये प्रॉब्लम तो है··· इन्फेक्ट अब तो सभी जगह है। हर एक को कस्टमर चाहिए। आजकल सर्विस ज्यादा हो गई हैं और कस्टमर कम··· मेघा! देख यार, ये सब तो चलता ही रहेगा। लाइफ है तो कोई-न-कोई चैलेंज रहेंगे ही, लेकिन तू खुश रहना मत बंद कर। लाइफ बहुत कीमती है। इसे एन्जॉय कर यार।"

"रुचि, एक तू ही मेरी सच्ची दोस्त है, जो मुझे समझती है। कैसे एन्जॉय करूँ डियर? कहीं आ, जा भी नहीं सकती। ज्यादातर फ्रेंड्स तो मौके का फायदा उठाकर अपने-अपने पार्टनर के साथ क्वारंटाइन हुए पड़े हैं। उधर मॉम-डैड को मेरी फिक्र लगी रहती है और मुझे उनकी। जॉब की टेंशन है सो अलग··· यार, लाइफ बहुत स्केयरी-सी होती जा रही है ···पता नहीं यह कोरोना कहाँ से आ टपका?"

"कुछ नहीं होगा, सब अच्छा हो जाएगा। देख तेरे-मेरे हाथ में तो कुछ भी नहीं है न? हमारे हाथ में सिर्फ अपना प्रेजेंट है। एक आइडिया है, तू भी कोई फ्रेंड बना और उसके साथ क्वारंटाइन हो जा।"

"हा··हा··हा···"

"वेरी फनी··· मुझे इतनी जल्दी कोई पसंद ही नहीं आता, मैं क्या करूँ···"

"यार मेघा! तू अपना रूटीन सेट कर, थोड़ा योगा कर, मेडिटेशन कर, घर के आस-पास थोड़ी वॉक कर, नए दोस्त बना, कुछ क्रिएटिव कर जो बचपन से करना चाहती रही हो, लेकिन टाइम न होने की वजह से कर नहीं पाई···"

"बस-बस! इतने सारे ऑप्शन!"

"अरे, अभी तो आधे भी नहीं दिए··· हा हा हा··· तभी तो कह रही हूँ कि ज्यादा टेंशन मत ले। खुश रहने के बहुत तरीके हैं, अपने को खुश रख। हाँ! बस एक बात का खयाल रखना कि बैंक एकाउंट में सेविंग जरूर बचाकर रखना, क्योंकि प्रॉब्लम में वही काम आएगी डियर। अभी ऑनलाइन शॉपिंग में टाइम और मनी मत वेस्ट करना।"

इतना बोलते-बोलते रुचि भावुक हो गई। मेघा ने उसकी आवाज की नमी को महसूस कर लिया।

"रुचि, एक बात पूछूँ? सच-सच बताना। तू मुझे तो मोटीवेट कर रही है, लेकिन पता नहीं क्यों मुझे लग रहा है कि तू खुद भी बहुत उदास है। सब ठीक है न यार? तू परेशान लग रही है? मुझे एकाएक तेरी आवाज थोड़ी बुझी-बुझी सी लगी।"

"मेघा! मेरी जॉब चली गई है। और इस समय कोई वेकेंसी भी नहीं है..."

"ओ शिट... तूने अपने घर में बताया?"

"अभी तक नहीं... उन्हें बताऊँगी तो चिंता करने लगेंगे। और वैसे भी अभी मेरे पास सेविंग्स हैं। दो महीने तक तो काम चल जाएगा।"

"मैं तेरी कोई हैल्प करूँ?"

"कोई जॉब नजर आए तो बताना। बाकी तो अभी सब ठीक चल रहा है। कोई प्रॉब्लम हुई तो जरूर बताऊँगी। वैसे घरवालों को पता चला तो वो तो दो मिनट में पैसे भेज देंगे, लेकिन मैं उनकी मदद नहीं लेना चाहती।"

"हाँ, ये तो है... अब हमें अपनी जिम्मेदारी खुद ही उठानी चाहिए। देख! तू चिंता मत करना, सब ठीक हो जाएगा।"

"हा...हा...हा... कुछ देर पहले यही बात मैं तुझे समझा रही थी और अब तू मुझे समझाने लगी।"

"हा...हा...हा... चल बाय।"

"बाय... और हाँ! कोई तेरे साथ क्वारंटाइन होनेवाला मिल जाए तो मुझे बताना मत भूल जाना।"

"न-न... तुझे भी यहीं बुला लूँगी... हा हा हा... चल बाय।"

मेघा और रुचि स्कूल के समय की सहेलियाँ हैं। दोनों एक ही शहर से हैं। कॉलेज में अलग हो गई थीं, लेकिन दोस्ती अब भी कायम है। एक-दूसरे की खुशियाँ और दर्द आवाज से ही समझ जातीं।

मेघा FB पर स्क्रॉल करने लगी। ऊपर ध्यान दिया तो कुछ नई फ्रेंड

रिक्वेस्ट आई हुई थीं। वह अधिकतर को रिजेक्ट करती गई, एक-दो का प्रोफाइल देखकर एक्सेप्ट कर लिया। तभी उसकी नजर एक और रिक्वेस्ट पर पड़ी—मानस मृदुल।

वह खुद से ही बोली—'हम्म··· नाम तो काफी अच्छा साउंड कर रहा है—मानस मृदुल। करता क्या है बंदा? अपना बिजनेस है। अरे! यह तो इसी शहर में रहता है। अच्छा खासा-हैंडसम है। इसकी पोस्ट पढ़कर लग रहा है कि पढ़ा-लिखा भी है। काफी सेंसिबल पोस्ट शेयर करता है ···लेकिन हमारा कोई म्युचुअल फ्रेंड नहीं है! चलो कोई बात नहीं, इसकी रिक्वेस्ट एक्सेप्ट कर ही लेती हूँ।'

इसके बाद वह मैसेज बॉक्स देखने लगी।

यार! कुछ लोग इतने ज्यादा गुड मॉर्निंग मैसेज क्यों भेजते रहते हैं? इन जनाब को देखो! उफ पूरे दस दिन तक हर रोज गुड मॉर्निंग और गुड नाइट ही लिखते रहे! ऐसा लग रहा है जैसे ये चैट बॉक्स इनकी दुकान है और ये बेचारे रोज शटर उठाने आते और फिर गिराने चले आते··· ये ही रोज सूरज देवता और चंदा मामा को बुलाते होंगे···

वह कुछ-न-कुछ बोलते हुए सबके मैसेज देखती गई ···अचानक उसकी उँगलियाँ एक नाम पर आकर ठिठक गईं। मानस मृदुल! अरे, यह तो वही लड़का है, जिसकी फ्रेंड रिक्वेस्ट भी आई थी। क्या लिखा है इसने?

"हैलो मेरी नई फ्रेंड! आप कैसी हैं?"

'आप एक लाजवाब पेंटर हैं।'

मेघा को हैरानी हुई। इसे कैसे पता कि मैं पेंटिंग बनाती हूँ। मैंने तो कोई पेंटिंग यहाँ शेयर की ही नहीं! यहाँ क्या, मैंने तो इन्स्टा पर भी कभी नहीं की। उसने तुरंत इन्स्टा पर भी चेक किया··· मृदुल मानस—यह तो इन्स्टा पर भी मुझे फॉलो कर रहा है! चलो इसी से पूछ लेती हूँ।

'मैं अच्छी हूँ।'

'लेकिन आपको कैसे पता कि मैं पेंटिंग भी करती हूँ?'

'मृदुल टाइपिंग···'

'रिक्वेस्ट एक्सेप्ट करने के लिए थैंक्स।'

'आपके FB अकाउंट ने ही बताया।'

'लेकिन मैंने तो कोई पेंटिंग शेयर नहीं की?'

'हाल-फिलहाल में नहीं की, लेकिन काफी पहले करती रही हैं।'

'ओह! वो तो सात-आठ साल पहले की बात है। तब तो मैं स्कूल में थी।'

'सोचिए, जो लड़की स्कूल के जमाने में इतनी अच्छी पेंटिंग बनाती रही हो, वो आज कैसी बनाती होगी?'

'अरे, अब कहाँ! उस समय लाइफ अलग ही थी। न कोई टेंशन, न कोई बर्डन। ऊपर से स्कूल के टीचर बनवा ही लेते थे।'

'तो अब क्या हो गया··· अब भी आप चाहें तो अपनी जिंदगी की लगाम अपने हाथों में रख सकती हैं।'

'यह सब आप इसलिए कह पा रहे हैं, क्योंकि आप एक बिजनेसमैन हैं। अगर किसी के अंडर में जॉब कर रहे होते तो बॉस का प्रेशर किसे कहते हैं, जान पाते। हम जैसों के आधे शौक कॉलेज में छूट जाते हैं और बाकी बचे नौकरी करने के बाद···'

'ओह! लगता है बड़ा खड़ूस है आपका बॉस। आपकी बातें पढ़कर मुझे डर लग रहा है, कहीं मेरे इंप्लॉय भी मेरे बारे में ऐसे ही तो नहीं सोचते··· ?'

'क्या आप ऐसे हैं?'

'सोचना पड़ेगा···'

दोनों काफी देर तक चैट करते रहे। उन्हें लग ही नहीं रहा था कि वे आज ही दोस्त बने हैं।

अगले दिन सुबह मेघा ने मैसेंजर खोला तो देखा कि मृदुल ने बादलों की बहुत ही सुंदर तसवीर शेयर की थी और उसके नीचे लिखा था—'सुहानी सुबह के मेघा!'

उसके चेहरे पर मुसकान खिल उठी। हर कोई बोरिंग गुड मॉर्निंग संदेश भेजता था, लेकिन यह संदेश उसे सबसे अलग लगा।

उसने जवाब में लिखा—'सुहानी मृदुल बयार!'

'आहा! क्या बात है··· आपका और मेरा मैसेज एक जैसा···'

'जी! लेकिन एक बात बताइए, आपको नोयडा में ऐसा नेचर कहाँ दिख गया! यहाँ तो बिल्डिंग और खँडहर ही नजर आते हैं।'

'ऐसे नजारे तभी नजर आते हैं मेघाजी, जब नजरिया भी वैसा ही हो।'

'आप तो शायर निकले!'

'हा··हा··हा··· सुबह साढ़े चार-पाँच बजे प्रकृति अपने सुंदरतम रूप में देखने को मिलती है मेघाजी। आप भी अपने शहर में देखिएगा। आपका कानपुर कितना ही प्रदूषित क्यों न हो, लेकिन सुबह-सुबह घर की छत पर या खुले पार्क में जाकर देखेंगी तो बहुत सुंदर दिखेगा।'

'आर यू श्योर? आप कानपुर की ही बात कर रहे हैं न?'

'जी, मैं उसी शहर की बात कर रहा हूँ। वह मेरा ननिहाल है।'

'अरे वाह! फिर तो लगाव होना स्वाभाविक है। वैसे मैं आपको एक बात बता दूँ कि मैं इस समय कानपुर में नहीं, बल्कि दिल्ली में रह रही हूँ।'

'ओ रियली? लेकिन आपके प्रोफाइल में तो···'

'हाँ, वो अपडेट नहीं किया न मैंने··· मेरा घर कानपुर में ही है। पैरेंट्स वहीं हैं, लेकिन मेरी स्टडी पूरी होने के बाद यहीं जॉब लग गई। अचानक लॉकडाउन हो गया तो घर भी नहीं जा पाई।'

'ओह! ···लेकिन चलिए यह बात तो अच्छी हुई कि आप नजदीक की ही निकलीं। लेकिन आपको अपना प्रोफाइल अपडेट करना चाहिए।'

'हाँ जानती हूँ, लेकिन मेरे सारे दोस्तों को पता ही था··· और दूसरों को क्या बताना? यही सोचकर नहीं किया। दरअसल मैं सोशल साइट्स पर कम ही जाती हूँ। मुझे बहुत शौक नहीं है।'

'क्या-क्या शौक हैं आपके?'

'सिंगिंग, पेंटिंग और बहुत सारी किताबें पढ़ना। मुझे लिटरेचर बहुत पसंद है। पढ़ने से हम हमेशा नई-नई चीजें सीखते हैं और समय के साथ चलते हैं। आजकल के टाइम में अपडेट रहना बहुत जरूरी है। आपको क्या पसंद है?'

'आप ही की तरह खूब सारा पढ़ना पसंद है, लेकिन बिजनेस की बुक्स और कुछ मोटिवेशनल। इसके अलावा गार्डनिंग और कुकिंग का शौक है।'

'ओह माई गॉड, कुकिंग! कुकिंग का शौक भी है आपको? बोरिंग नहीं लगती?'

'नहीं तो···बिल्कुल भी नहीं। आपको नहीं पसंद कुकिंग?'

'एकदम नहीं।'

'हा···हा···हा··· तब तो आपकी कुक बहुत अच्छा खाना बनाती होगी।'

'हाँ, बनाती थी··· लेकिन आजकल वो भी लॉकडाउन में है। मैं ही कुछ भी उलटा-सीधा बना लेती हूँ। मुझे ही तो खाना होता है।'

'तो चलिए, मैं आपको सब सीधा-सीधा सिखा दूँगा। फिर आप कुछ भी उलटा नहीं बनाएँगी और आपको कुकिंग करना अच्छा भी लगने लगेगा। मेघाजी, हमें अपने लिए भी बहुत प्यार से खाना बनाना चाहिए।'

'वो कैसे?'

'कुकिंग बहुत इंट्रेस्टिंग है, लेकिन इसके लिए हमें हर स्टेप में कुकिंग को एन्जॉय करना होता है। जब सब्जियाँ काटें तो उसके शेप पर खास ध्यान देना चाहिए। जब मसाला बनाएँ तो उसके फ्लेवर में डूब जाना चाहिए। जब करी पके तब हम भी उसकी खुशबू में नहा जाएँ। जब परोसा जाए तो पूरा प्यार उड़ेल दें और जब मुँह में रखें तो खुद-ब-खुद आँख मिंच जाएँ ···स्वाद की लहरों में बह जाएँ।'

'ओह गॉड! आपने अभी-अभी कौन सी डिश पकाई, नहीं पता··· लेकिन सच्ची बता रही हूँ, सुनकर ही मुँह में पानी आ गया।'

'देखा आपने हमारा कमाल! ऐसे करते हैं कुकिंग। इस बार आप कुछ पकाएँ तो मेरी कुकिंग क्लास में आ जाइएगा।'

'क्या! क्लास भी लेते हैं आप? आप तो बड़े ही दिलचस्प इनसान निकले।'

'अरे नहीं! क्लास नहीं लेता। आपके साथ वीडियो कॉल पर लाइव

कुकिंग कर सकता हूँ। यह खास ऑफर सिर्फ आपके लिए है·· अभी-अभी ही निकाला है।'

'हा··हा··हा··· एक बात तो है मृदुलजी, आप अच्छे शायर तो हैं ही, अच्छे कुक भी जरूर होंगे।'

'···और अच्छा इनसान भी हूँ। चाहें तो ट्राई करके देख लीजिए।'

'हा··हा··हा···'

दोनों की घंटों-घंटों बातें होने लगीं। दोनों कभी मैसेंजर पर चैट करते, तो कभी व्हाट्सएप पर। धीरे-धीरे इनके बीच लाइव चैट भी शुरू हो गई। मेघा और मृदुल दोनों को ही जैसे एक-दूसरे की आदत हो गई थी। अगर एक घंटे भी एक-दूसरे से बात न करते तो बेचैन होने लगते। आप सोच रहे होंगे कि कोई दो इनसान घंटों-घंटों तक आखिर ऐसी भी क्या बातें करते होंगे! लेकिन अगर आप भी किसी के इश्क में पड़े होंगे तो इसे बखूबी समझ सकते हैं ···और अगर अब भी नहीं समझ पा रहे तो एक बार प्यार में पड़कर देखिए। प्यार में बौराए परिंदों को खुद ही नहीं पता होता कि वह कब प्यार की गिरफ्त में जकड़ा जा चुका है···

इन दो अनजानों की दोस्ती 'आप' और 'जी' से शुरू हुई थी। लेकिन जब दोस्ती गहरी हुई तो 'जी' खुद-ब-खुद मिट गया और जब प्यार ने अपना रंग जमाया तो 'आप' भी धूमिल हो गया और 'तुम' ही 'तुम' बरसने लगा। शायद इसलिए शायर दाग़ दहलवी ने कहा है कि—

रंज की जब गुफ्तगू होने लगी
आप से तुम, तुम से तू होने लगी

'जब दो चाहनेवाले एक हो जाते हैं तो उनकी खुशियाँ-उदासियाँ, दुःख-सुख, रंज-ओ-गम सब एक हो जाते हैं।'

एक हँसे तो दूजा खुश,
ये रोये, आँख उसकी नम··

दोनों ही अब अकसर वीडियो चैट पर लाइव रहने लगे। कभी मोबाइल पर, कभी टैब पर तो कभी लैपटॉप पर···

'मेघा! मेरे लिए एक पेंटिंग बनाओ न। कैमरे में देखो ···ये दीवार देख रही हो? यहाँ लगाऊँगा।'

'पता नहीं मृदुल अब बना भी पाऊँगी या नहीं!'

'आँखों में मेरी तसवीर रखकर बनाना, पेंटिंग खुद-ब-खुद बनती चली जाएगी। मैं जब कोई शे'र कहता हूँ तब तुम ही तो होती हो मेरे खयालों में, मेरे लबों पे···'

मेघा लजा गई।

'सुनो! मुझे तुम्हारे साथ डांस करना है··· अभी।'

वह चौंकी! 'इम्पॉसिबल है मृदुल··· लॉकडाउन है। अभी कैसे?'

'अरे! तुम बस अपने मृदुल का कमाल देखती जाओ। कल मैंने अपने घर में एक बहुत प्यारी धुन बनाई। तुम्हारे लिए उसे ऑडियो में रिकॉर्ड भी किया। सुनो···'

'और मृदुल ने तेज आवाज में वह धुन बजा दी। बेहद रोमांटिक धुन थी। पूरे कमरे में उसकी आवाज छा गई। दोनों के दिल उस धुन में झूमने लगे। दोनों एक-दूसरे को प्यार से देख रहे थे और देखते-ही-देखते दोनों एक-दूसरे की आँखों में डूब गए।

'मेघा! अपने दोनों हाथ आगे करो।'

'हाथ में मोबाइल है।'

'नहीं! सोचो तुम्हारे हाथ में जो मोबाइल है, वो मोबाइल नहीं बल्कि मेरे दोनों हाथ हैं।'

मेघा ने मोबाइल पकड़े-पकड़े ही अपने दोनों हाथ आगे कर दिए। उधर से मृदुल ने भी ऐसा ही किया, उसने भी अपने दोनों हाथ आगे कर दिए। दोनों उस संगीत पर झूमने लगे। पहले धीमे-धीमे, फिर थोड़ा तेज, और फिर खो गए··· जब तक वह संगीत बजता रहा, दोनों आभासी दुनिया में खोए हुए पूरे कमरे में झूम-झूमकर यह प्यार भरा नृत्य करते रहे।

आपको यह बड़ा अटपटा लग रहा होगा न? मगर यकीन मानिए, यही दीवानापन है। प्यार में दीवाने ऐसे ही झूमा करते हैं। प्यार में बावली मीरा

कृष्ण के साथ घंटों तक ऐसे ही तो नाचती थी। गोपियाँ भी तो ऐसे ही झूमा करती थीं। यह प्यार की दीवानगी है जनाब, तभी तो दुनिया प्रेमियों को पागल करार देती है…

ये दोनों पागल प्रेमी भी अब हर रोज प्रेम में एक नया ही पागलपन करने लगे। दिन-पर-दिन इनका पागलपन जितना बढ़ता जाता था, आपस का प्रेम उतना ही परवान चढ़ता जाता था। कोई प्रेम करे और पागलपन न करे तो फिर वो प्रेम ही कैसा ? प्रेम दिमागवालों का काम नहीं… या यों कहना ज्यादा सही होगा कि प्रेम में दिमाग का कोई काम नहीं…

तो हुआ यह कि इनका प्रेम तो अब पागलपन की सीमा पार कर रहा था। दोनों ने अपने इस एक महीने के समय में वो सब पागलपन कर डाले, जो लोग जीवनभर नहीं कर पाते। कुछ तो ऐसे भी हैं, जो ये सब करने की सोच भी नहीं सकते। ये दोनों साथ गाते, नाचते, हँसते, कभी-कभी तो रोते भी (क्यों! प्यार करनेवाले आपस में खाली सुख ही बाँटते हैं ? दु:ख नहीं बाँटते क्या ?)

मृदुल ने मेघा को ऑनलाइन ही कई डिश बनवा दीं। मेघा ने भी मृदुल को कैमरे के सामने बिठाकर उसकी कई पेंटिंग बनाईं। अब तक दोनों एक-दूसरे से मिले नहीं थे, लेकिन प्यार के मजबूत बंधन में बंध चुके थे।

'मृदुल, तुम कहाँ थे अब तक ?'

'यहीं तो था मेघा।'

'पहले क्यों नहीं मिले ?'

'हमें हर हाल में मिलता था मेघा, लेकिन जब वक्त आया, हम मिले।'

'अब कहीं मत जाना।'

'मैं तो पहले भी यहीं था मेघा …और अब तो कहीं जाने का सवाल ही नहीं पैदा होता।'

'काश ! तुम इस वक्त यहाँ होते, मेरे पास।'

'मैं तो हर वक्त तुम्हारे ही पास हूँ।'

दोनों बातें करते-करते सो गए। अगले दिन मेघा ने रुचि को फोन लगाया और मृदुल के बारे में बताया।

"कैसी है, रुचि?"

"मैं अच्छी हूँ। आज अगर तेरा फोन नहीं आता तो मैं खुद ही तुझे फोन करती।"

"लगता है, कोई अच्छी खबर सुनानेवाली है तू···"

"हाँ! मेरी नई जॉब लग गई।"

"अरे वाह! कॉन्ग्रेट्स डियर। मुझे भी तुझे कुछ बताना है।"

"क्या? बता न जल्दी···"

"आई एम इन लव।"

"ओ ग्रेट मेघा··· तुझे बता नहीं सकती कि मैं कितनी खुश हूँ यह सुनकर··· शुक्र है तुझे कोई पसंद तो आया।"

"हम बिल्कुल एक-से हैं रुचि। FB में मेरी फ्रेंड लिस्ट में है वो। तू देखना उसे—"मानस मृदुल।"

"हाँ-हाँ, देख लिया··· जस्ट अभी देखा··· तुझसे बात करते-करते उसी को देख रही हूँ। सुन मेघा! तुम दोनों की जोड़ी बहुत अच्छी लगेगी··· ये पेंटिंग्स तूने कब बनाईं? तेरी टाइम लाइन पर कितनी प्यारी-प्यारी पेंटिंग्स हैं! ये तूने अभी बनाईं?"

"तूने ही उस दिन कहा था रुचि कि 'कुछ क्रिएटिव कर, जो बचपन से करना चाहती रही हो, लेकिन टाइम न होने की वजह से कर नहीं पाई, वो अब कर···' तो इसलिए बना डालीं।"

"कहा मैंने था मेघा, लेकिन करवाया तो मृदुल ने ही है··· हा··हा··· हा···"

"तुम दोनों ने करवाया है रुचि।"

मृदुल हमेशा मेघा की पेंटिंग्स की तारीफ किया करता। उसे खूब प्रोत्साहित करता रहता। अगर वह दो दिन भी न बनाती तो उसके पीछे पड़ जाता।

"यार! जॉब के साथ कहाँ टाइम मिल पाता है इस सबके लिए?"

"जॉब अपनी जगह है ···उसे करती रहो, लेकिन कला जिंदगी होती है,

मेघा। एक कलाकर को रोज अपनी कला के लिए एक खास वक्त रखना चाहिए। कला उसके लिए पूजा के समान होती है।"

"क्या सचमुच मैं इतनी अच्छी पेंटिंग्स बनाती हूँ? या तुम ऐसे ही मेरा दिल रखने के लिए तारीफ करते रहते हो…"

"सच बताऊँ मेघा! मैं तुम्हारी पेंटिंग्स इस साल की एग्जीबिशन में देखना चाहता हूँ।"

"क्या?"

"हाँ।"

मेघा को पहली बार किसी ने इतना हौसला दिया था। उसके बचपन का यह शौक पहले तो उसकी कोर्स की किताबों के नीचे दब गया, इसके बाद ऑफिस के टारगेट्स में कहीं गुम होकर रह गया। वह तो इसे भूल ही गई थी। वो तो रुचि ने उस दिन याद दिलाया और इसके बाद मृदुल ने उस शौक को जगाया।

बल्कि उसने तो मेघा की आँखों को एक नया सपना भी दिखा दिया।

लॉकडाउन पूरी तरह से खत्म नहीं हुआ था, लेकिन थोड़ी ढील दी जाने लगी थी। मेघा का ऑफिस अब भी नहीं खुला था, लेकिन मृदुल हफ्ते में चार दिन अपने ऑफिस जाने लगा। अभी वह आधे स्टाफ को एक दिन बुलाता और आधे को दूसरे दिन। फैक्ट्री बहुत दिन बंद भी तो नहीं रखी जा सकती, उसका तो नुकसान था ही, साथ-ही-साथ उसके कितने ही वर्कर्स के परिवार, जो कि उसके बिजनेस पर निर्भर थे, उनकी रोजी-रोटी का भी सवाल था। इधर मेघा ने प्रदर्शनी के लिए कुछ शानदार पेंटिंग्स बनाकर उनका संग्रह शुरू कर दिया।

मेघा आज पहली बार मृदुल से मिलनेवाली थी। वह उसके घर आ रहा था। डोरबेल बजी। दरवाजा खुला। दोनों एक-दूसरे के सामने खड़े थे। मृदुल के हाथ में लाल गुलाबों का गुलदस्ता था। दोनों सुध-बुध खोए एक-दूसरे को निहार रहे थे।

अंदर आने के लिए नहीं कहोगी?

मेघा जैसे सोते से जागी। वह मृदुल के सीने से लग गई। मृदुल ने गुलाब मेज पर रख दिए और उसे अपनी बाँहों में कस लिया। दोनों बहुत देर तक यों ही एक-दूसरे में खोए रहे।

"फिर मृदुल ने अपनी जेब से एक अँगूठी निकालकर मेघा की ओर बढ़ाते हुए पूछा, "मेघा! क्या मेरे जीवन में अपने प्यार की बरसात करोगी? मुझसे शादी करोगी? मैं तुममें डूब जाना चाहता हूँ।"

मेघा ने अपनी उँगली आगे बढ़ा दी।

मृदुल ने अँगूठी पहनाई और फिर उसे अपनी बाँहों में भर लिया।

"मेघा! मेरी मम्मी तुमसे मिलना चाहती हैं।"

वह चौंक पड़ी, "क्या! तुमने उन्हें मेरे बारे में बता भी दिया?"

"हाँ मेघा। बताना तो था ही।"

"लेकिन मुझे बहुत डर लग रहा है। मैं अपने मम्मी-पापा को नहीं बता पा रही हूँ। जब उन्हें पता चलेगा तो वो न जाने कैसे रिएक्ट करें?"

तुम चिंता मत करो। मेरी मम्मी और बहन सब सँभाल लेंगी।

मृदुल ने वीडियो चैट पर अपनी माँ से मेघा की बात करवाई। दोनों ने एक-दूसरे के साथ बहुत प्रेम से बात की। एक निश्चित तिथि पर दोनों परिवारों ने मिलने का तय किया। मेघा बहुत खुश थी। उसने रुचि को भी आने के लिए कहा, लेकिन रुचि ने बताया कि वह कुछ दिनों के लिए अपनी बुआ के यहाँ आई हुई है और उसी दिन उसे भी उनके साथ किसी जरूरी काम से जाना है। लेकिन उसने वादा किया कि वह उसकी शादी में सबसे पहले पहुँचेगी और खुद अपने हाथों से उसे मेहँदी लगाएगी। मेघा थोड़ी उदास तो हुई, लेकिन फिर उसने खुद को समझा लिया कि जरूर रुचि को कोई जरूरी काम होगा, तभी नहीं आ पा रही है, वरना वह कभी मना न करती। लेकिन वह थोड़ी उदास हो गई, क्योंकि वह अपनी प्रिय सहेली को मृदुल से मिलवाना चाहती थी।

लॉकडाउन में और ढील दी जाने लगी थी। अब बसें भी चलने लगीं, लेकिन मास्क लगाना और सोशल डिस्टेंस रखना अब भी जरूरी बना हुआ

था। मेघा के मम्मी-पापा कानपुर से आ चुके थे। आज मृदुल अपने पूरे परिवार के साथ उसे देखने आनेवाला था। मेघा की माँ सुबह से तैयारियों में जुटी हुई थीं। वे हैरान थीं यह देखकर कि मेघा भी रसोई के कामों में रुचि ले रही है। अब वह भी काफी चीजें बनाना सीख चुकी है।

जैसे ही डोरबैल बजी तो मेघा की मम्मी ने दरवाजा खोला।

"अरे रुचि, तुम? अचानक?"

"हाँ आंटी, मेघा की वजह से आई हूँ। अगर नहीं आती तो मैडमजी नाराज हो जातीं···"

"हा···हा···हा··· यह तो सही कहा तुमने।"

"कहाँ है वो?"

"अपने कमरे में।"

"मृदुल के घरवाले आ गए आंटी?"

"नहीं बेटे, अभी नहीं ···लेकिन किसी भी समय पहुँचनेवाले हैं। अभी फोन आया था। चल, जा तू अपनी सहेली को सजा दे जरा जाकर, अच्छा हुआ कि तू भी आ गई।"

तब तक मेघा भी बाहर आ गई और रुचि को सामने देख एकदम चौंक पड़ी, "अरे, रुचि तू? लेकिन तू तो आज अपनी बुआ के साथ कहीं जानेवाली थी न?"

"हाँ तो, उन्हीं के साथ तो आई हूँ। वो देख!"

रुचि ने मुड़कर देखने के लिए कहा—सामने मृदुल का परिवार खड़ा था।

"···और मेरी प्यारी भाभी जी! कैसा लगा आपको अपनी इस ननद का सरप्राइज?"

"यानी मृदुल और तुम··· ?"

"हाँ, हम भाई-बहन हैं।"